청춘아! 쉬어가렴

염경희 수필집

TO. _____

삶이 고달프고 외로울 때
하늘을 보아요.
달이 웃어 주고, 별이 속삭이면
바람은 노래 불러요.

자연과 더불어 살아 온 삶을
글 꽃으로 피워
꽃피는 봄날, 꽃바람에 띄우니
곱게 받아 주세요.

파릇파릇 새봄이 오는 길목에서...
시인, 수필가 인향 염경희 드림

시음사
시사랑음악사랑

작가의 말

이 책 속에 수록된 글들은 여자의 몸으로 태어나 평탄한 삶이 아닌 지난날들을 가슴에 묻었다가 세상 밖으로 내놓기까지 고민을 거듭한 끝에 돌아보는 발자국마다 눈물바람으로 한자씩 또 한자씩 적어 보았다.

수없이 많은 사연을 극복하면서 되돌아본 세월!
아직은 글로 다 써 내려갈 수 없지만, 부끄러움 없이 최선을 다해 살아왔기에 떳떳하게 독자들에게 다가서 본다.

먹고사는 것이 우선시 된 삶을 살면서 부모 형제 원망도 하고, 세상사 힘들면 타고난 팔자타령도 많이 했지만 모든 것은 부질없는 일이었다.

여자로 태어나 남자의 삶을 흉내 내면서 엄마의 책임을 다해 살았다. "여자는 약하지만 엄마는 강하다"라는 말 실감하며 자식에 대한 책임감은 다하고 지내오다가 어느 한때에는 책임감을 다 했다는 생각에 지친 몸을 더 이상 지탱할 수 없어 최후의 선택을 했었지만, 그것조차 팔자인지 뜻대로 안 되어 생명의 중요성을 깨닫고 오뚝이처럼 다시 일어나 살다 보니 웃는 날이 많아졌다.

빈손이면 어떠랴! 단칸방이라도 이 한 몸 쉴 곳이 있는데 무슨 걱정이 있겠는가? 나 자신을 위한 삶을 선택하고 나니 다시 살아 보는 삶에 꽃바람이 불고 새싹이 돋아나고 있었으며 행복은 내 편에 서서 마중하고 있었다.

이미 흘러간 세월에 미련일랑 두지 않고 늦게 잡은 행복 누리며 가시밭길이 아닌 꽃길만 걸을 수 있기를 희망한다. 어차피 나의 인생에 주인은 나이기에 지금부터는 주인 행세 제대로 하면서 한 번 사는 인생 후회 없이 살아보련다.

작가 **염경희**

제1부 다시 찾은 삶

제2부 배움은 행복이다

제3부 그리움

제4부 여자의 일생

제5부 베풂의 미덕

제6부 꽃길을 걸으며

제1부 다시 찾은 삶

회상

　이제 마음 편하게 돌아볼 수 있을 만큼 모든 것이 안정을 찾아가고 있기에 넋두리처럼 풀어 놓는다. 두 번 다시 돌아보고 싶지 않은 시간이 떠올라도 화가 나지 않는 이유는 무엇일까?

　누구나 나름대로 힘든 일을 겪으면서 살아왔을 텐데 유독 나만 그렇게 살아온 것처럼 착각 속에 살지는 않았을까 생각해 본다.

　하지만 지난 삶들이 무척 힘들었던 것은 인정하지 않을 수 없다. 시간은 기다려 주지 않고, 시간은 멈추지도 않는다는 걸 알았기에 내가 살아온 만큼 지나온 시간을 되돌릴 수 없다는 것이다. 그 시간만큼 다가올 시간은 너무나 소중한 시간이다.

　이제부터는 과거를 묻는 법을 배우기로 했다. 억지로 지운다고 발버둥 쳐봐야 소용없지만 아픔도 시간이 지나면 때론 추억

회상

으로 회상할 때가 있어 그런 어려움을 견뎌 낸 순간을 대견스럽게 느껴 자신에게 칭찬하며 위로를 받는 날이 있게 된다. 아픔은 아픔대로, 추억은 고이 간직하며 늦게 품어보는 희망과 꿈은 더 빛날 것이다. 살아온 만큼의 시간이 허락은 안 되겠지만 그 시간의 절반이라도 오로지 나 자신만을 위한 나의 시간으로 만들어 가고 싶다.

뜻하지 않은 변수로 새 출발을 선택하고 앞만 보고 달려온 세월이 타향에서 강산이 한 번 또 변해가고 있다. 넘어지고 다칠 일이 있어도 겉으로 보이는 상처는 얼마든지 치료할 수 있어서 마음을 다치는 일보다는 견뎌 내기가 수월했다.

모든 걸 내려놓았지만 한 번쯤은 나 자신을 위한 삶을 살아보고 싶었다. 지칠 수도 없었고 쓰러져서는 절대로 용납되지 않았던 삶이 이순(耳順)이 되어 가는 시점에서 조금은 무리였나 보다. 몸살감기 한번 안 앓고 지내 왔는데 코로나에도 걸리고 이제 자꾸 피곤함을 느낀다. 그래서 옛말에 나이는 어쩔 수 없다고 말들을 했나 보다.

가끔 숨겨 두었던 일기장을 꺼내 한 쪽씩 펼쳐 보다 보면 인생이란 만남과 이별도 되풀이되고 하나를 얻으면 하나를 잃어버리는 것이 당연지사이다. 이별이 있었으므로 나의 삶을 찾았고, 잃어버린 젊은 날의 꿈을 향해 도전하고 있지 않은가?

가슴에 묻어만 두었던 문학소녀의 꿈도 이루면서 또 지난날의 희로애락을 꽃으로 피워내기도 하고 때로는 눈물로 엮어 낼 때 그 기쁨은 이루 말할 수 없다. 살아야 하는 이유와 살아있다는 것, 둘 중의 하나를 택하라면 살아 있다는 것에 소중한 의미를 두고 싶다. 살아있기에 이렇게나마 지난날의 모든 것을 회상하는 시간적 여유도 가지며 30여 년의 한약처럼 쓰디쓴 세월만큼 앞으로 30년을 아주 달콤한 꿀맛 같은 삶을 살겠다고 다짐하고 황혼을 설계해 볼 수 있으니 이 또한 얼마나 다행스러운 일인가?

빗방울이 한두 방울 떨어질 때는 조금이라도 젖을까 봐 피하려 하지만, 온몸이 젖으면 더 이상 젖을 것이 없어서 그냥 비를 맞는 것처럼 모든 걸 비우고 내려놓으니까 빈손이지만 마음은 편한 삶이 되고 비워진 자리는 나에게 유용한 것들로 가득 채워지더라.

낙숫물이 처음에는 구정물로 고이다가 자꾸 비워내면 새 물이 고이듯이 사람 마음도 곪아 터지기 전에 응어리를 풀어내고 비우면 상처는 받지 않는다는 걸 이제야 깨달음하고 지난날을 두서없이 넋두리해 보는 시간이다. 말로 못 하는 걸 글로 쓸 수 있으니, 문학의 길을 택한 것이 얼마나 다행인지 감사할 따름이다. 몸이 늙어져 눈이 잘 안 보이면 챗GPT를 활용해 글을 쓰는 시대이니만큼 열심히 배워서 생이 허락하는 날까지 글을 쓰고 싶다.

AI에 의존하자는 것이 아니다.

창작이란 본인의 감성에서 우려내야 제맛이 난다고 생각하지만, 지금 틈나는 대로 사용법을 열심히 배워가는 중이다. 요즘에는 줌교육이 활성화되어 시간 낭비 없이 화상으로 공유하며 배울 수 있어 세상 너무 좋아졌고 우리나라 참 살기 좋은 나라라는 생각에 감사한 마음뿐이다.

요즘 교육을 들으면서 동행의 길을 걷고 있는 시인님 생각이 많이 났다. 민*규 시인님의 저서 '메타에 핀 글 꽃'을 읽으며 이해 안 된 부분들이 이해되었고, 돌아가는 세상을 미리 내다볼 줄 아는 안목이 MZ세대들에게 왕따 당하는 일에서 벗어날 수 있는 길이란 생각을 하며 기회가 온다면 더 열심히 배워야겠다.

지난날을 되돌아보면 우여곡절이 많았지만, 그 시간을 잘 견뎌 냈기에 지금 이렇게 편한 마음으로 한 편의 글을 남기게 되니 어느 하나 감사하지 않은 것이 없는 소중한 시간이다.

홀로서기

살아가면서 채우는 것보다 비워야 할 게 더 많은 시기가 되었다.

지금껏 살아오면서 후회만 앞선 삶이 연속이었고 잘못됨을 알면서도 슬쩍 눈감아버린 일들이 부지기수 다반사로 흘려버리는 날들이었다.

집안이 조용해지려면 여자들의 목소리가 담장을 넘어서는 안 된다는 어른들의 입담이 눈뜬장님을 만들었고 들어도 못 들은 척 귀머거리가 되어 속은 타다 남은 숯덩이로 만들며 살았다.

여자이기 전에 엄마니까 흐트러지지 않고 세월을 이기면 시간이 흘러 모든 게 해결되리라는 생각으로 일에만 몰두하여 살았다.

지난날 언젠가는 6개월이란 시간을 하루도 쉬지 않고, 주중에는 직장에서 일하고 주말이나 공휴일엔 지인이 운영하는 가게에서 아르바이트했다.

　돈도 돈이었지만, 머리가 복잡하고 집에 있으면 미칠 것 같아 차라리 일을 하면 그 시간엔 모든 잡념이 사라지고 시간 보내는 데는 최고의 보약이었으니까~~
　자존심 하나로 견뎌 온 나였기에 얼굴엔 핏기 하나 없고 몸은 대꼬챙이처럼 말랐어도 나를 살게 하는 유일한 방법이었다.

　속을 모르는 사람들은 듣기 좋은 말로 <운전할 줄 알겠다, 직장 든든하겠다. 무슨 걱정이야!>
　훌훌 여행 다니면서 좋은 음식 먹고 멋진 찻집에도 가고 즐기며 살지 왜 몸을 혹사하며 살고 있느냐고 했다. 그걸 할 줄 몰라서 못 했겠는가! 집에서 새는 바가지 나가서도 샌다고 하는데 집에서 편치 않은 속이 나가서는 털어지겠는가? 나만의 방법으로 미쳐서 일을 하는 게 유일한 처세(處世)였다.

　"여자는 약하지만 엄마는 강하다"란 말이 있듯 두 딸 보금자리 찾아 훨훨 날아가고 알뜰살뜰 살아가는 모습 보면서 많은 생각을 했다. 이런 예쁜 모습 보기까지 숱한 일을 겪었지만, 돌아보니 스스로 어깨를 토닥이게 되었다.

　참! 인생이란 게 묘한 수수께끼더라.
　인생은 살아갈수록 무리수인 걸 알게 되었을 땐 이미 몸도 마음도 병들고 지쳐버린 후였다. 속고 속이는 게 세상사가 아닌데 언제나 기대치에 벗어나는 걸 알면서도 흐르는 시간에 노예가 되었다.

살면서 몸서리치도록 지겨운 인연에 절레절레 머리 흔들며 찢긴 상처 치료할 방도를 찾기로 했다.

잃어버린 자신을 찾기 위해 용기를 냈다. 한 번뿐인 인생을 이렇게 허무하게 보낼 수가 없어서…. 반복되는 갈등, 불신, 외로움에 더 이상 희생하며 살기엔 지난 청춘이 너무 아까웠고, 모든 걸 떠나서 서로의 생각이 상대성이 있어야 하는데 어느 한쪽만 잘해서 되는 일이 아니었다. 그리고 이미 깨진 쪽박 붙인다고 물이 안 샌다고 할 수 있겠는가?

제2의 삶을 선택한 지금이 초고의 행복한 시간이고 나만을 위한 삶을 살면서 황혼에 접어들었다.

옛날 같으면 혼자 살면 <성격이 이상하겠지, 뭔가 문제가 있겠지> 하며 쑥떡 되기도 했지만 지금 시대에는 당당하게 말할 수 있다.

그래서 젊은 층에도 노년층에도 일인 한 세대 수가 증가하는 추세다.

살아보니 참! 좋다.

나만의 공간에서 나만의 시간을 즐기면서 근심·걱정거리 하나 없는 시간이 너무나 좋다.

홀로서기

떳떳한 직장 있고 건강에 문제없어서 일하고, 체력이 따라주니 하고 싶은 운동 맘껏 하면서 자고 싶으면 자고 글 쓰고 싶을 때 글 쓸 수 있는 지금이 나에겐 생애 최고의 황금기다.

물론 다 좋은 일만 있지만은 않다. 비 오는 날이면 외로움에 지난날을 회상하며 눈물이 고일 때도 있지만, 잠깐 스쳐 가는 감정이다. 지금부터는 오늘을 가장 멋진 날로 살며 좋은 사람들과 즐겁게 지내고, 내일은 또 내일이 오면 열심히 살면서 목숨이 다하는 날까지 웃으며 사는 게 최고의 행복이라 생각한다.

버팀목이 있어도 언제나 홀로 버텨 온 것처럼 나 자신의 뚝심 하나로 새로운 삶에 도전한다. 빈털터리로 시작해도 행복한 길을 갈 수 있어서 과감하게 선택한 것이 내 생애 멋진 황혼 출발점이 되었다.

늦은 시간까지 컴퓨터 앞에 앉아 있어도 방해하는 이 없는 행복한 시간이다. 또 잠자다가 일어나 멍 때려도 잔소리하는 사람 없어 시상이 떠오르면 글 쓰고, 출출하면 요기하면서 지내는 이 맛이 얼마나 좋은지 모른다.

그래도 그동안 열심히 일해서 만들어 놓은 연금이 있어서 다행이다. 알뜰하게 살면 내 입 하나 굶지 않을 정도는 되니까 힘이 있는 한 짬짬이 용돈 정도 벌어 생활비에 보태며 마음 편히 살아가련다.

글로 치유된 삶

가장 빛나는 별이 숨은 곳은 어디일까?

작은 별을 땄으니 아주 큰 별이 있는 곳에 사냥꾼이라도 풀어서 꼭꼭 숨어 있는 별 사냥을 나서자. 지난 삶에서 발견되지 않은 큰 별이 나의 인내심을 테스트하는 줄도 몰라! 아직 살지 않은 날들에서 스스로 길을 묻고 찾아 꿈에 도전하라는 암시를 주고 있다.

새로운 날에 주인공이 되려면 과거에 연연하지 말고 아직 살지 않은 날을 소신껏 설계하고, 지난날들은 말끔하게 떨쳐내고 미래의 주인공이 될 준비를 해야 한다. 꿈과 희망, 웃음과 행복, 건강과 사랑은 나 스스로가 만들어 하늘에 빛나는 별이 아닌 삶에서 빛을 내는 별이 되면 된다.

지금까지 본 생일을 세 번째로 맞는 해이다. 윤사월에 태어났고 아버지 생신 전날 태어나 아버지 생신날이 내 생일인 줄 알고 살다가 결혼하면서 본 생일이 윤사월 열하루라고 아버지께서 알려 주셨다. 20년마다 생일이 돌아와서 속으로는 공 달에 태어나 박복하다고 믿고 살았다. 지금 생각해 보면 참 바보스러운 삶을 살았고 일이 안 풀리면 조상 탓, 잘 풀리면 나 자신이 잘해서라고 믿었다.

얼마 전부터 생각이 바뀌게 되고 모든 일에는 때가 있다는 걸 믿었다.

올해가 계묘년 검은 토끼의 해, 마치 조물주를 만난 것처럼 하는 일마다 엉킨 실타래가 풀리듯 술술 풀어진다. 늘 불안하고 조바심에 안절부절못했고, 가슴 속에는 커다란 돌덩이가 막힌 것처럼 답답했었는데 글을 쓰면서 차츰 증세가 가라앉고 아주 편안해졌다.

글을 쓰기 시작한 지 만 삼 년이 되는데 그동안 시를 쓰든 수필을 쓰든 쓰고 나면 속이 뚫리는 기분이 들면서 쾌감을 느꼈다. 또, 말 못 하고 살아왔던 일들을 글로 풀어내니 묵은 체증이 내려가듯 시원했다. 하고자 하는 일마다 막힘이 없어 예전에 어느 법사가 한 말이 생각났다. 육십 줄에 들어서면서 모든 액운은 소멸하고 잘 풀릴 것이라는 말을 들었다. 과히 나쁘게 들리지는 않았고 은근히 믿고 있었던 것 같다.

성격이 활발한지 어떤지도 모르고 살다가 하고 싶은 일들하고 운동하며 생활하다 보니 건강도 아주 좋아졌다. 아주 부족하지만, 삼 년 동안 써 놓았던 글을 시집으로 엮어내기로 마음먹고 원고 제출해 놓고 건강 검진을 받았는데 주치의에게 최고의 선물을 받았다. 몸에 조그마한 석회질하고 갑상샘에 좁쌀만 한 것들이 있었는데 아주 깔끔하게 없어졌다며 나이에 비해 너무 건강하다고 하며 큰 박수를 쳐 주었다.

과연, 무엇이 치료가 되었을까?

생각하고 또 생각해 보아도 글로 속을 털어낸 것이 치료가 된 것이란 생각밖에 할 수 없다.

TV에서 환자들이 산속에서 치료했다고 하면 믿지 않았다. 첩첩산중에 무엇으로 치료가 될까? 의심되었었는데 그것을 믿게되었다. 속앓이를 글로 털어내니 자연스럽게 치료가 된 것이라고 믿고 싶어졌다.

모든 병은 스트레스가 원인이다.

몇 십 년을 쌓아두고 살았으니 석회 아냐 뭐는 안 생겼겠는가? 그래도 남들하고는 다른 체력을 가지고 있었고, 꼭 이겨내야 하는 책임감에 이날까지 왔으니까, 마음껏 웃어도 된다.

이제 몸도 마음도 완전히 치유되었으니 말 그대로 사냥꾼이 되어 보자.

첫 시집 "별을 따다"가 품에 안겼으니, 다음에는 수필집으로 큰 별을 안아보는 꿈을 꾸며 황혼 역에서는 자신을 많이 사랑하는

글로 치유된 삶

사랑꾼으로 살아보련다. 지금까지 살아오면서 수없이 포기하려 했던 날들, 모든 시련을 겪으며 흘렸던 눈물보다 더 말년에 웃으라고 늦복이 찾아왔나 보다. 그 시간을 잘 견뎌왔으니까 지금 웃으면서 글의 소재로 삼아 편안하게 작품 활동을 하고 있어서 한편으로는 고맙다고 말하고 싶다.

황혼을 코앞에 둔 시점이다. 살아온 날들이 파노라마처럼 스쳐 가지만 기억 저편에 두고, 새로 태어났다고 생각하면서 붓 한 자루에 배낭 메고 팔도유람하면서 꼭꼭 숨어 있는 큰 별을 찾아내어 나의 별로 만들어 어디서든 반짝이고 싶다.

비 오는 날 라운딩의 매력

작은 공 가지고 노는 재미를 모르는 사람들은 비 오는데 무슨 미친 짓거리냐고 할 수 있다. 필자도 그렇게 생각한 적이 있었으니까, 골프 선수들은 어쩔 수 없이 경기를 진행해야 하겠지만, 일반인들이 비 맞으며 우산 들고 다니면 아닌 말로 우스웠다.

코로나-19가 필자에게는 많은 변화를 갖게 하였고 꿈에도 생각 못 했던 일들을 내 것으로 만든 계기가 되었다. 우연한 기회에 직장에서 배드민턴을 치게 되었는데 너무 재미있고 운동도 강 운동이라 체력단련도 되어 흥미를 느끼고 날마다 퇴근 후에 쳤다.

경기 룰을 잘 모르면서 체력은 좋아 서너 게임 뛰어야 운동을 한 것 같다고 하면 같이 게임을 하는 남자 주무관들이 깜짝 놀라는 일이 많았다. 한참 운동하는 재미가 경지에 올랐는데 2019

년 말 우한에서 발생한 코로나-19가 맥을 끊어 놓아 방역 지침에 의해 체육관이 폐쇄되었고, 코로나에 걸리면 역병에 걸린 것이다.

답답함이 연속이다 보니 우울증도 아니면서 우울증 증세가 생기게 되어 혼자 할 수 있는 운동을 찾다 보니 어느 지인이 늙어서도 혼자서 할 수 있는 운동은 골프니까 지금 시작해 보라고 했다. 우선 골프하면 돈이 많이 들어가는 운동이고 아직 여유로운 삶을 살고 있는 것이 아니기에 나의 속사정은 말 못 하고 "아유 제가 무슨 골프를 쳐요" 하고 얼버무렸다.

시간이 갈수록 의욕은 점점 더 없어졌다. 연수 일정이 모두 취소된 상태라 점심 몇 그릇 해서 직원들 점심 한 끼 주면 하루 일과는 끝이었다. 같이 보조해 주는 친구들까지 여섯 명이 한 끼니 하고 하루라는 시간을 보내는 것이 무척 힘들었다. 일하는 사람은 일거리가 있어 활기차게 움직여야 하는데 놀고 있자니 내 탓도 아닌데 상사 눈치도 많이 보았다. 그러던 차 이런저런 말들이 많이 돌았다. 일부러 쉬는 것도 아닌데 타 부서에서 식당에 사람 많다고 하는 소리만 들려와 부서장님께서 직원들 시간 내서 메뉴에 맞는 공부 좀 시키라고 해서 시켰더니 그분 떠나고 나니까 거기에 불만을 가진 사람들이 새로 전입해 온 상사에게 면담 요청해서 메뉴에 관한 공부는 무산되어 신뢰만 무너지는 꼴이 되었다.

신뢰마저 무너졌는데 업무 외에는 마음을 열 수 없는 입장에서 고민하고 고민하다가 용기 내서 퇴근길에 무작정 골프 연습장에 찾아갔다. 거기서 머리가 하얗고 허리도 조금 굽었는데 골프채 휘두르는 힘이 장난이 아니었다. 공도 멀리 날아가고 너무 멋져서 나를 홀렸다. 안내데스크에 살짝 그분의 나이를 물어보니 75세인데 배운 지 3년 차라고 하면서 지금 시작하라고 권유했다. 마침 그분이 물 마시러 나오시기에 말을 걸어 "너무 멋지세요." 했더니 "아기엄마도 얼른 해 혼자 운동하는 데는 딱 좋아, 다른 운동은 짝이 있어야 하지만 이것은 혼자 시간 나면 얼마든지 할 수 있어." 하셨다.

그때부터 용기가 파도 밀려오듯 출렁거렸다.
저 나이에도 저렇게 하는데 나는 아직 새파란 애들인데 해보자고 결심했고, 그 길로 등록하고 아침, 저녁으로 연습했다. 개인 지도 7개월 받는 동안 시간만 되면 아침저녁으로 4시간씩 연습했다. 주말에는 출근하듯 해 점심 먹고 집에 들어왔다. 새로운 환경에서 새로운 사람들과 어울리니 무료함도 없어지고 나한테 딱 맞는 운동이었다. 주말에는 보통 공을 1,500개 정도는 쳤다. 손바닥에 물집이 생기고 장갑을 벗다 보면 엄지손가락 살갗이 훌러덩 벗겨졌다. 주위 사람들이 나보고 어디서 그런 힘이 생기냐고 물으면 "그동안 노동으로 다져진 힘이에요." 하며 농담으로 받아쳤다.

지금은 그렇게까지 못하고 있다.
우선 힘보다는 의욕이 떨어진 것 같다. 아닌 말로 조금 치니까 꾀가 난다고 하는 것이 맞겠다. 이제는 기술 위주로 연습하고 있으며 급하게 생각하지 않고 편한 마음으로 운동하고 있다. 아직은 직장에 매인 몸이라 마음대로 라운딩 나갈 수도 없거니와 경제도 조금은 신경 써야 할 운동이라 라운딩을 가끔 나가지만 그런대로 동반자에게 민폐는 안 끼치면서 다닌다.

왜 그럴 때 있다. 공을 치다 보면 공이 힘 안 들이고 쳐도 오 잘 공(오늘 제일 잘 친공의 줄임말)일 때 흔히들 그분이 오셨다고 농담한다. 나 역시 남, 여 티샷의 거리 차가 있지만 동반자에게 미안할 때가 있다. 오 잘 공을 쳐서 거리가 비슷하게 나갈 때 조금 미안하다. 엊그제 우중 라운딩 하는데 계속 공이 잘 맞아 필자가 조금 너스레를 떨었다. 우산 쓰고 다니면서 짬짬이 추억을 담는 내 모습을 보고 동반자들은 아직 소녀 같다며 놀리기도 했지만, 행복하고 기분 좋은 말이었다. 늘 라운딩 하고 나면 18홀이 부족해 돌아오는 길에는 스크린을 한 판 더 쳐야 운동한 것 같아 36홀을 돌고 집에 온다.

이렇듯 코로나-19는 필자에게 아주 소중한 취미를 갖게 해 주었고, 망설이면 아무것도 할 수 없다는 것을 알려 주었다. 내성적인 면은 없지만 생활에서 익숙해진 의기소침함 때문에 늘 자라목처럼 고개를 움츠리고 살았는데 용기를 내는 법을 터득하게 해 주었고 도전하면 희망의 불씨는 피어난다는 걸 알게 해 주었다.

지난 3년 동안 필자는 잃어버린 것보다 얻은 것이 더 많은 시간이었다. 평생 멋지게 살 수 있는 운동을 할 수 있게 되었고, 또 생각하지 못하고 있었던 재능을 찾아 글을 쓰는 시인, 수필가가 되었다.

지금 이렇게 삶을 글로 옮겨 독자들에게 다가가는 길을 닦고 있으니 얼마나 행복인 줄 모르겠다. 가끔 자연을 보며 잔디밭을 뛰어다니다 보면 시상이 떠오르고 생각지도 않은 글의 주제들을 얻어 오곤 한다. 우중 라운딩은 나름대로 운치가 있어 시상도 다르게 떠올라서 아주 좋은 시간이다.

한꺼번에 두 마리 토끼를 다 잡고 돌아오는 발걸음은 가볍고 콧노래 절로 나오는 기분 좋은 날이다. 늦었다고 할 때가 제일 빠르다는 말처럼 저는 지금 적기에 취미와 재능 둘 다 찾았다. 앞으로의 삶은 나를 많이 사랑하고 건강하게 사는 것이 소망이다.
열심히 운동하고 건강 챙겨 풍성한 가을에 황금 같은 들녘에 익어갈수록 겸손함을 겸비한 나락처럼, 곱고 아름다운 오색 단풍처럼 물들어가고 싶다.

나를 찾아 가는 길

　한 해가 저물어 갈 시점이 되면 누구나 한 해를 돌아보며 자신을 돌아보게 됩니다.

　한 해뿐만이 아니라 지난날을 훑어보며 긴 한숨도 짓고, 살아온 날보다 살날이 적어짐에 허탈함을 안고 후회하는 일들이 많아집니다. 노후 대비가 되어 있는 사람들은 그 나름의 후회와 번뇌가 있을 것이고, 아등바등 살아온 사람도 노력한 만큼의 대가에 못 미쳐 회의를 느끼는 연말입니다. 잘 살았든 못 살았든 오늘같이 추위가 찾아오면 마음마저 작아지는 12월 끝자락입니다.

　인생이란 생각한 대로 뜻한 대로 풀리는 것이 없습니다. 잘 될 때보다 잘 안될 때가 더 많고, 걷고 있는 길이 오르막길이고 자갈밭일 때가 더 많습니다. 삶은 노력한 만큼 기쁨이 있고 고통이 수없이 반복되는 쳇바퀴 인생이라고 말하고 싶습니다. 어려움이 있다 하더라도 잠시 쉴지언정 절대로 목표를 접지는 말아야 웃을 수 있다고 합니다. 인생이란 많은 실패와 절망과 좌절로 방향을 바꾸기도 하는데, 참고 견디는 자가 성공합니다.

"인생이란 과감하게 참는 세계"라고도 합니다. 때론, 정상에 올라섰다가 느닷없이 추락할 때가 있고 넘어져서 일어나기 힘들 때도 있습니다. 속도가 좀 느리더라도 절대로 포기하지 말고 어떠한 어려움이 있다 해도 먼 길을 가기 위한 과정이라고 생각하면 용기는 다시 일어납니다. 어느 날 예측 못 했던 바람이 불면 반드시 그때는 성공의 불씨에 불꽃이 피어날 수 있습니다.

어떤 상황에서도 절망하거나 포기하지 않으면 어제의 아픔이 기쁨이 되고 쓰라림은 숨 가쁘게 오른 정상의 환희가 달콤한 것처럼 기쁨을 줄 겁니다. 인생은 그런 겁니다. 오늘의 주인공이 나라면 내일의 주인공 역시 내가 되도록 용기를 내는 겁니다. 인생이란 울기도 하고, 웃기도 하고, 뼈저린 슬픔도 겪으면서 오늘을 사랑하고 내일을 바라보며 사는 것, 속을지언정 그렇게 살아가는 겁니다.

인생이란 다 그런 겁니다. 때론 서로 상처를 주고, 받지만 그래도 그 사람을 기억하게 되고 결국 추억이 됩니다. 사람을 만나 인연을 만드는 일이 쉬운 일이 아니라는 것을 알고 있기에 만남을 소중하게 여기며, 길들여 쓰던 작고 하찮은 물건 하나도 소중하게 여기며 인연 또한 소중하고 귀하게 간직하며 살다 보면 살아가는 날이 힘들지만 않습니다. 그래서 인생은 누가 설계해 주는 게 아니고 자신이 내 것으로 만드는 것이 인생인 겁니다.

나를 찾아 가는 길

지금 저 역시 지난날을 돌아보며 죽을 만큼 힘들었던 때를 돌이켜봅니다. 도저히 견뎌 낼 힘이 없어 포기하려 했던 순간이 아찔합니다. 그 당시 해머로 머리를 한 방 때리며 정신 차리라고 하는 소리가 들리는 것 같았습니다. 이런 용기가 있으면 그 힘 다해서 살면 되고, 이 길이 헤쳐 나갈 수 없으면 "다른 길을 가자"라는 한 마디가 나 자신에게 일깨워주는 몇 초의 가르침이 있어서 지금 이렇게 웃고 있습니다. 아마 그때 막다른 길을 택했다면 지금의 이 행복을 잡을 수 없었습니다.

　지난날을 생각하면 특별한 삶을 살았지만, 지금은 원하던 일, 하고 싶었던 일 다 해보며 살고 있는 현재가 너무 소중합니다. 제 생애 최고의 행복한 시간을 보내고 있습니다. 많은 재산은 없어도 마음이 넉넉하니 재벌 갑부 부럽지 않습니다. 아직 건강의 적신호가 켜진 곳 없으니 관리 잘해서 한번 사는 인생 멋지게 살 겁니다. 인생은 소풍 가듯이 살아야 즐겁습니다.
　저는 노래도 "소풍 같은 인생"을 즐겨 부릅니다. 노래처럼 앞으로 남은 인생은 미련이 많겠지만 붙잡을 수 없으면 소풍 가듯 즐기며 살겠습니다. 인생의 전반전이 고행길이었으면 인생의 후반전은 아름답게 가꾸며 지금부터 시작이란 마음가짐으로 여행도 많이 다니고 춤도 추고 노래도 부르며 행복하게 살겠습니다. 잃어버린 것이 있다면 지금부터 찾아서 내 것으로 만들며 살 겁니다. 나의 소중한 인생의 후반전은 후회 없이 살아가렵니다.

환상을 초월한 여행

　이날이 오기만을 꿈꾸며 거침없이 달려왔습니다. 신혼 초에
는 상상도 할 수 없었던 여행입니다. 동네 유원지도 마음대로 다
니지 못하며 살았지요. 하물며 직장 동료 상갓집에 가서 일을 도
와주고 와도 꼬투리가 잡히고, 직장에서 1박 2일로 관광을 다녀
오는 날이면 이유도 모르고 트집이 잡혀 불화가 잦았습니다. 그
때마다 식구들은 불안해했고 두 딸은 은근히 엄마가 어디를 안
갔으면 하는 눈치였습니다. 그도 그런 것이 속마음은 아닐 것인
데 즐겁게 다녀온 것이 아니라 날마다 시끄러워지는 것이 싫어
서였을 겁니다. 직장에서 회식 자리가 있어도 비밀리에 먼저 퇴
근해 집 식구 밥상 챙겨두고 회식 자리에 참석하는 날이 다반사
였으니까요. 일하며 살림하며, 죄지은 일 없이 허구한 날 가슴 졸
이며 살아오다 보니 한때는 삶을 접고 싶을 때가 한두 번이 아녔
습니다. 그런 날을 잘 이기고 견뎌오니 정녕 원하던 환상의 여행
을 할 날이 와서 처음으로 유럽 하늘을 날아보고, 땅을 밟아 보았

습니다. 언젠가는 한 번 가보리라 마음먹고 적금여행비를 납입하여 지난 추석 때 9박 11일의 여행을 다녀왔습니다.

환갑이란 나이가 옛날 같으면 노인층에 들었는데 지금은 새파란 청춘이라고 합니다. 어디 가서 환갑이라고 감히 명함도 못 내밀지만, 자신만의 삶의 가치가 다르니까 자신의 계획에 맞게 살면 된다고 생각합니다. 저 역시 환갑과 정년퇴직을 염두에 두고 준비를 했던 것입니다. 나이가 두 살 줄어져 호적에 올라 2년의 직장 생활을 더 하게 되어 저에게는 아주 잘된 일입니다. 일에 지쳐 지겹다가도 아버지가 매우 감사하다고 생각합니다.

먼저 크루즈 여행 다녀온 사람들 경험담을 듣고 몇 날 며칠을 꼼꼼하게 챙기면서 준비했습니다. 선상에서 입을 드레스 여러 벌, 옷에 맞는 신발도 챙기고, 항구에 내려 여행할 때 입고 다닐 옷과 신도 따로 챙겨 넣다 보니 캐리어가 가득 찼습니다. 여행하고 남는 것은 사진밖에 없다며 작은 사위가 셀카봉을 사주어 공항 가는 날부터 추억을 담을 수 있어서 아주 고마웠습니다.

비행기에 올라 장장 6시간 타고 아부다비공항에 도착해 3시간을 머물다가 로마공항 도착한 것이 아침 7시였습니다. 하룻밤을 하늘에서 보내며 여러 가지 멋진 풍경도 보고 그간의 삶을 회상하는 시간이었습니다. 잠시 아부다비공항의 밤 풍경을 굳이 말한다면, 우리나라와는 달리 자유분방한 사람들이 모여 사는 곳이란 생각이 들었습니다. 로마행에 오르기 전 장시간의 비행에 지친 사람들은 빈 의자를 하나 둘 채웠습니다. 언어가 다르고 피부색이 다른 타인들이 뒤섞여 삼삼오오 추억을 만들어가고 있었고, 비좁은 공항 대기실에는 바닥까지 누워 자리가 없었습니다. 말로만 선진국 유럽이지 공항 시설도 많이 뒤졌고 차림새도 노숙자들 못지않았습니다. 외국물을 먹어봐야 애국자가 된다는 말이 실감이 났습니다. 우리나라에서는 노숙자들만이 떳떳하게 누릴 수 있는 특혜를 유럽인들은 떳떳하게 남 의식 안 하고 남녀노소 혼합이 되어 공항 바닥에서 자는 모습이 그다지 보기 좋지는 않았습니다. 여유가 있는 것일까? 걸음걸이 역시 느림보처럼 걷고 공간만 있으면 누워 자는 것이 일상인 듯했습니다. 한편으로는 자유분방한 사람들이 남을 의식하지 않고 자신의 의지대로 움직이는 것이 부럽기도 했습니다. 우리나라 사람들은 무엇에 쫓기는 사람처럼 빨리, 빨리란 말을 입에 달고 살고 있으며 에스컬레이터에 타서도 뛰어 오르내립니다. 유럽 사람들의 생활을 보면서 이제부터는 조금 여유롭게 움직이며 살아야겠다고 생각했습니다.

또 한 가지 새로운 모습이 눈에 들어왔습니다. 하얀 셔츠에 검은 상·하의를 입고 휠체어를 미는 젊은 사람들이 있었습니다. 맨 처음에는 돈벌이 수단인 줄 알고 궁금증에 못 이겨 우리 측 인솔자에게 물어보니 통역을 해주었습니다. 직업적으로 하는 것이 아니라 봉사자였습니다. 나이 드신 여행자나 거동이 불편한 사람 등등이 필요하면 휠체어에 의지하여 짐을 싣고 다닌다고 했습니다. 이런 정책은 잘되어 있는 것 같았는데, 화장실이나 물

문화는 아주 미흡해서 불편했습니다. 지난날 휴지통에 화장지와 위생품을 버리는 수준이라 매우 지저분하고 불쾌했습니다. 화장실 문화와 위생은 우리나라가 세계에서 최고란 자부심이 들어 은근히 어깨에 힘을 줬습니다. 기내를 벗어나는 순간 후덥지근한 기운이 온몸에 전달돼 매우 힘들었고, 검열 과정도 허술하고 미흡한데 에어컨 작동도 안 되어 인천공항이 많이 생각났습니다.

　그렇다고 벼르고 벼르다가 다녀온 여행이 다 불편했던 것은 아닙니다. 타고 간 배가 토스카나 호인데 선상 층수는 20층에 선실 수가 2,663개 최대 승객 수는 5,322명이 승선할 수 있는 아주 큰 배입니다. 여러 가지 시설이 갖추어 있어서 밤새도록 즐기며 지낼 수 있는 멋진 배입니다. 유럽 3개국 이탈리아, 프랑스, 스페인을 관광하면서 각 나라를 비교하자면 이탈리아가 최고로 기항지나 건물들이 낡았던 것 같습니다. 그 유명하다던 나폴리 항구는 주위에 있는 낡은 건물 탓에 아주 뒤처져 보였습니다. 프랑스는 건물들이 그나마 깨끗했고, 스페인은 명품 거리가 인상에 깊었습니다. 언제 또 가 볼 수 있을지 모르겠지만 다시 가 보고 싶은 곳입니다. 이번 여행은 살면서 자신에게 처음으로 큰돈을 투자했던 여행이었습니다. 일에 묻혀 살다가 나가보니 문화와 여행에 관한 정보도 잘 몰랐지만, 난생처음 여행다운 여행을 했던 것 같습니다. 이제 살아온 날보다 살아갈 날이 많이 적지만, 적으면 적은 대로 주어진 시간에 최선을 다하면 억지로 늙어가는 삶이 아닌 세월을 즐기며 계절 따라 익어가는 황금 같은 인생

길이 되기를 바라며, 언제나 소녀 시인으로, 작가로 하늘의 별처럼 반짝이며 누군가에게 희망을 줄 수 있는 글을 쓰면서 성장해 보리라 마음먹는 시간입니다. 저와 인연 된 모든 분이 행복하고 건강하셨으면 좋겠습니다.

젊어서 속박당하면서 못한 자유로운 삶을 위해 오늘도 내일도 즐기는 법을 터득하고 좋은 여행지 찾아다니며 지난날이 아주 아팠다고 생각하지 않고 지나온 과정의 한 페이지였다고 말하고 싶습니다. 잘못한 것 없이 집안의 평화를 위해 수없이 고개를 숙여야 했던 지난날의 모습이 두 딸에게 아주 미안해서 앞으로의 모습은 당당한 엄마로 살 것을 약속합니다. 두 딸이 엄마처럼 살지 않기를 간절히 바라며 열심히 살고 있는 모습에 응원의 손뼉을 쳐줍니다.

환상을 초월한 여행

꿈의 궁전

한 해의 끝자락에서 아쉬움을 놓을 수가 없다.

지난날을 되돌아보며 10년 전 정든 곳을 떠나오며 몇십 년 만에 장만한 아파트를 헐값에 팔고 이곳으로 옮겨 왔다. 임진강이 흐르고 자유로가 한눈에 보이던 곳이었는데 늘 아쉬움에 그립고 찾아가고 싶은 곳이다.

지금쯤 맑게 흐르던 임진강 물도 꽁꽁 얼어 남극 작은 빙하를 보는 것처럼 겨울 왕국이 되어 있겠지. 밀물과 썰물이 드나들던 곳이라 이른 아침 창밖을 내다보면 사계절의 풍경이 아주 뚜렷하여 물이 드나들던 냇가에는 봄이면 물안개가 피어올라 구름 위에 떠 있었고, 여름이면 마파람이 불어 냉방기 없이도 지낼 수 있었다. 가을날 아주 맑은 날이면 임진강 저편 북녘 하늘 아래 들판에는 바쁘게 움직이는 사람들도 볼 수 있고 겨울이면 얼어붙은 임진강 줄기에 철새들이 떼를 지어 나는 모습도 한 폭의 그림 같았다. 늘 아쉬움이 남는 꿈과 같은 곳이었다. 제대로 살아보지도 못하고 잦은 불화(不和)로 큰 손해를 보며 팔아야 했던 것이 가슴 아프다.

고민의 연속이었고 끝내 우울증에 이르렀었다.

밤이면 암흑 속을 뚫고 전해오는 임진강에서 불어오는 바람 소리와 자유로의 가로등 불빛이 서글프고 그 불빛에 매료되어 증세는 악화하였고, 마지못해 쪽잠으로 겨우 잠들었다가 가슴이 터질 듯한 고통에서 벗어나려고 새벽 시간 상관없이 차를 몰고 직장으로 갔다.

마침 그때 대학교에 다니고 있었던 때라 시험공부 해야 한다는 핑계를 대고 직장 사무실에 가서 잠깐 쉬었다가 동료 직원들 출근하면 아무렇지도 않은 채 새벽 근무하는 날이 다수였다.

창밖으로 화려하지만, 쓸쓸히 서로에게 의지하듯 서 있는 가로등과 꽁꽁 얼어붙은 임진강, 가끔 오가는 자유로의 자동차들만이 허전하고 공허하고 텅 비어 버린 속을 달랠 수 있는 벗이었다. 아무런 대답은 없었지만, 힘들고 고달프고 슬프면 창밖의 어둠을 바라보며 속을 털었다, 어떻게 살아야 할까? 언제쯤이나 이 지긋지긋한 올가미를 벗어낼 수 있을까? 하루하루가 지옥이고, 늘 살얼음판에 서 있는 심정으로 세월 가기만 기다렸던 순간들을 어떻게 말로 다 하고 글로 다 표현할 수 있겠는가? 지난날을 잊고 싶지만 지워지지 않는 아주 커다란 옹이로 온몸을 짓눌렀다.

꿈의 궁전

그러던 어느 날 두 딸 모두 시집보내고 난 후였다. 이제 책임을 다했다는 생각이 들었고 더 이상 견뎌 낼 힘이 바닥났던 때였다. 가정은 점점 더 흔들리고 지탱할 힘이 없었다. 전혀 길이 안 보였다. 반복적인 생활에 권태감을 느껴 하마터면 아파트 15층에서 자포자기하고 극단적 선택을 할 뻔했었다. 순간 어디선가 별이 보였고 정신이 들었다. 꽉 막혀 터질 듯했던 머리와 가슴이 말을 걸어왔다. "길이 아니면 안 가면 되고, 굳이 나를 포기하는 바보는 되지 마라." 누군가가 해머로 한 대 때려 정신 차리게 했던 것 같다. 모든 걸 내려놓을 용기가 있으면 정반대로 나를 지켜야 하는 길도 있다는 걸 깨달음 했다.

지금까지 어려움을 준 것이 어쩌면 인내심을 시험한 게 아닐까? 생각했다. 너무 순진하고 나약하여 인내심 테스트를 한 것이라고 지금도 믿고 싶다.

그동안 아주 힘들었을 딸들이 생각났고, 지금 내가 잘못되면 이제 막 신혼 생활하고 있는데 아픔을 줄 수 없었다. 너희들은 내가 지켜 주리라는 생각으로 정신 줄 놓지 않고 다시 꼭 잡고 살아오니 웃는 날이 생기더라.

지금처럼 툭하면 내 배 속으로 낳은 아이들을 학대하다 못해 버리고 끝내는 몹쓸 짓까지 하는 파렴치한 사람들을 보면 화가 난다. 어떻게 자식을 버릴 수 있단 말인가?
의구심이 생기고 도대체 어떤 정신이 지배하는지 답답할 뿐이

다. 자식이 이렇게 소중한 것을~~

몸만 여자로 살아온 시간이 생각하면 어느새 가슴이 울컥하고 눈물이 흐른다. 안 해 본 일 없이 돈 되는 일이라면 다했다. 가난한 집에서 태어나 겨울 방학이면 인삼밭 지붕에 쓰이는 이엉을 엮었고, 종삼 놓아주는 아르바이트도 해 보았다. 이른 결혼하고도 갖은 부업이란 부업은 다하며 아이들을 키웠다. 남들처럼 과자도 사 주고 초라하지 않게 키우려고 아이들 태우는 유모차에는 무거운 부업 물품을 싣고 큰애는 걸리고 작은애는 업고 다니며 키운 딸들이 지금 행복하게 사는 걸 보면 지금까지 잘 견뎠다는 생각에 너무나 행복하다.

처음 공무원으로 임용되어서 아주 힘들었던 것은 새댁인데 치렁치렁한 고무 앞치마 두르고, 흰 장화 신고 일하는 것이었는데 거기다가 아르바이트하는 사람들이 나이 차가 많이 나는 동네 아주머니들이었다. 어른 행세하려고 했고, 일일 고용노동자인데 동네 며느리 취급하고 시어머니 행세를 하며 대접받기를 원하는 일이다. 그런 일이 반복되면서 가슴이 답답하고 안 할 수도 없고 화장실에 들어가 남몰래 울기도 많이 울었다. 그렇게 울면서 자신과 싸움을 걸었고 이 순간을 이겨야 아이들에게 내가 하고 싶어도 못 했던 공부를 시킬 수 있다고 생각하면서 이를 악물고 버텨냈다.

어느 날 용기를 내어 그분들에게 조곤조곤 말했다.

꿈의 궁전

지금 위치가 내가 지시받아야 하는 위치가 아니라 저의 지시를 받아 저를 도와서 일을 하시는 것이 맞는 것이라고 당당히 말하고 하나둘 고쳐나가면서 서로의 위치에서 잘 지내왔다.

지금은 부러운 것이 없다.

내 몸만 건강하게 지내면 딸들에게 걱정 안 줄 것이고, 나름 딸들도 성장기의 아픔이 있었을 것이다. 자신들 보금자리 잘 가꾸게 해 주는 것이 지금의 엄마로서 의무라 생각한다.

불화(不和)로 꿈의 궁전 같았던 집, 어렵게 마련한 집을 채 3년도 못 살아보고 헐값에 넘긴 것이 아주 아쉽지만, 지금 나만의 보금자리를 마련해 마음 가는 대로 살고 있다. 그동안 겪어 온 일들이 이 순간을 얻기 위한 것으로 생각하며 위안으로 삼는다.

마음 편하게 살고 가슴 졸이는 일 없어 두 다리 뻗고 잘 수 있는 공간이 나에게는 꿈의 궁전인 것이다.

열심히 일하고 받은 월급도 타인을 위한 것이 아닌 나만의 것이고, 나만 알뜰하면 저축도 마음먹은 대로 할 수 있으니 적은 액수라도 보람이 있는 삶이어서 참 좋다. 어쩌면 초년에 고생을 다 했기에 황혼 역에 다다르면서 삶이 수월하지 않은가 싶다.

지난날의 아픔을 지워가고 있는 시점이다. 편하게 글로 표현할 수 있는 것을 행복으로 여기면서 살고 있다. 나만의 공간에서 즐기면서 살아가자. 숨기고 싶었던 지난날이지만 나의 죄가 아닌 것을 굳이 숨길 필요가 없다고 생각되어 지난 삶을 웃으면서 하나하나 글로 엮어내려고 한다.

세상에는 나보다 분명 더 힘든 사람도 많을 것이다. 나만 아픈 곳이 많은 것이 아니라, 어둠 속에서 허덕이는 삶을 사는 사람들이 많다고 생각되고, 그분들도 순간순간 포기하고 싶을 때가 왜 없겠는가?

매 순간 용기를 버리지 말고 자신을 사랑하는 삶을 살기를 바라며 어떠한 경우라도 자신을 학대하고 포기하는 일이 없었으면 좋겠다. "개똥밭에 굴러도 이승이 났다."란 말이 맞는 말이다. 살아 있어야 이 꼴 저 꼴 보면서 기쁨도 슬픔도 맛보며 세상 사는 재미 느낄 테니까.

모든 어려움 견뎌내고 와보니 웃는 날이 더 많은 시간이다.

작지만, 나만의 공간에서 두 다리 뻗고 쉴 수 있는 공간이 대가 집 저택 부럽지 않고, 꿈을 꿀 수 있는 이곳을 최고로 멋진 꿈의 궁전으로 가꾸어 갈 것이다.

꿈의 궁전

제2부 배움은 행복이다

문학의 길을 가다

이른 아침 과제를 올려놓고 창밖에서 빨갛게 웃어주는 햇살에 얼굴이 상기되어 희끗희끗한 새치를 쓰다듬어 올리며 지난날을 회상하고 있다.

세 번째 스무 살을 보내고 한 살을 먹는 지금도 배움의 목마름이 용트림하여 2023년 5월 7일에 대한창작문예대학에 입학하였다. 망설이고 망설이다가 교수님들의 열정적인 권유가 결정적인 계기가 되었다. 늘 배움을 하고자 하는 집념은 가슴속에서 목말라했다. 비대면 연수가 대면 연수로 활성화되면서 직장 일도 바빠졌지만 5개월 과정 동안 결석이 한 번도 있으면 안 된다는 말에 망설였다. 매월 첫 주 일요일에는 무조건 출석인데 6월 첫 주 대학 동기들과 여행 일정이 진작부터 잡혀 있었기에 고민했다.

고민만 하고 있다고 해결책이 생기는 것이 아니기에 이사장님 께 말씀을 드렸더니 부득이한 사정이라면 한 번은 어떻게 해 보 시겠다는 반허락을 받고 최종 결정을 했다. 때마침 5월에도 처음으로 혼자 장거리 여행에 도전 계획이 있었기에 일정을 조율해서 입학식에 참석하는 쪽으로 계획을 잡아 체계적인 문인의 길에 들어서 보자고 결심했다.

미안한 것은 고등학교 선후배로 만나 지금까지 함께하고 있는 남*자 시인님께 너무 미안했다. 모처럼 3박4일의 휴가를 받아 밀양 친구 집으로 여행 일정을 잡아놓고 토요일에 이천 집으로 올라와 약속대로 부발 역에서 만나 입학식에 함께 가려고 계획을 세웠었지만, 4시간 걸리는 거리를 오고 가고 할 수 없었던 입장이라서 양해를 구해 입학식인 첫날은 혼자 기차 타고 오라고 한 것이 내내 걸렸다.

토요일 저녁에 카톡이 왔다. 아주 아파 입학식에 참석 못 하겠다고 해서 불편한 마음이 밤새 이어졌다. 남*자 시인이 차편이 불편해서 망설이는 걸 카풀하자고 설득해 놓고 나의 계획 때문에 어긋나서 입학식에 못 온 것 같아 내내 편치 않았다. 교수님께서도 몹시 아프다는 문자 받았다고 하셨지만, 입학식에 참석을 안 하면 입학 취소라고 이사장님께서 명찰을 치우시는 걸 보니 또 미안한 마음에 안절부절못했고 이대로 같이할 수 없으면 어쩌나 걱정을 덜어낼 수 없었다.

다행히 이사장님과 교수님들께서 사정이 그러하니 어쩔 수 없는 일이라 생각하셔서 함께 할 수 있게 되어 너무 기뻤다.

교수님들의 제자 사랑하시는 마음이 하늘과 같았다. 시간이 흐르는 줄 모르고 강의실 사용 방법과 시를 쓰는 기본법을 가르쳐 주시는 동안 학생들은 초등학생처럼 눈망울이 초롱초롱 빛을 냈으며 하나라도 놓칠까 봐 노트에 받아 적는 모습들을 보며 배우려는 의지에 감탄 또 감탄했다. 이렇게 대한창작문예대학 입학식과 오리엔테이션이 끝나고 어느 입학식에서나 있는 것처럼 회장과 총무를 뽑는 시간이 되었다. 누구를 지목할지 생각 1분도 안 되어 지목당한 것이다. 이번에는 아무것도 안 맡으리라 했는데 역시 회장직을 맡게 되었으니, 졸업을 함께 할 수 있도록 11기 동기 시인들과 잘 소통하며 지내야겠다고 생각했다.

지금까지 몇 번의 특별한 입학식을 하면서 중학교 입학식은 아픔으로 기억하고 싶지 않은 일이다. 배움을 포기할 수 없어 집념을 굽히지 않고 검정고시를 준비해 고등학교 입학하던 날에는 너무 황홀해 여기저기서 훌쩍이던 울음소리에 처음 만난 친구들과 인사도 제대로 못 하고 입학식을 마치고, 교실에 들어가 반장 선출이 있는 시간이었는데 신분이 노출될까 봐 고개를 들지 못하고 있는데 또 지목되어 반장이 되었다.

담임 선생님, 그리고 몇몇 선생님들은 낯이 익어 선생님은 나를 몰라봐도 알 수 있는 분들이었다. 경기도 교육청 소속이었기에 그분들이 내가 근무하는 연수원에 연수를 오신 적이 있어서 알 수 있었다. 이왕지사 언젠가는 알게 될 일이라 선생님과 학우들에게 사실 사정 얘기를 하고 열심히 일해 보겠다고 인사하고 3년을 봉사하며 지냈다.

졸업과 동시에 대학에 입학하기를 많은 고민이 되었다.

우선 등록금 문제였고 대학 공부 더 어렵다고 해서 자신이 없었지만, 여기서 멈출 수 없다는 생각이 떠나질 않아 입학하여 역시나 또 교수님과 선배님들이 귀동냥으로 들으신 소리가 있어서 눈에 띄어 과대표로 4년을 봉사하며 졸업까지 무난하게 잘 보냈다. 지금은 또 무언가 배워야 한다는 불씨가 일어 시를 짓고 글을 쓰는 문인의 길에 들어섰다.

복이 많은 건지 코로나-19 이후 주춤했던 대한창작문예대학 문이 열려 입학하였다.

좀 더 지식을 쌓고 기량을 높여 보다 나은 글을 쓰고자 이 시간도 컴퓨터 앞에 앉아 첫 과제 내놓고 교수님의 완성되었다는 허락을 기다리는 중인데 이번에는 제발 통과했으면 좋겠다. 학업은 배우면 배울수록 난이도가 높고 글은 쓸수록 어렵다지만 뜻이 있는 곳에 길은 있다고 하니 열심히 배워서 지식과 덕망을 겸비한 문인이 되어야겠다고 결심한다. 문인의 길에 들어선 동기생 모두 함께 졸업했으면 하는 바람 간절하다.

뜨거운 여름날이지만 교수님들께서도 주일을 반납하시고 학생들을 위해 수고해 주시는데, 은혜에 보답하려면 회장으로서 책임을 다해 졸업하는 날은 물론 졸업해서도 문인의 길을 올바르게 갈 수 있도록 최선을 다해야겠다는 마음 다짐해 본다.

감투를 좋아하는 것이 아닌데 어디서든 지목되는 것을 보면 아직도 쓸만한 봉사자로 일하라는 뜻이라 믿고 힘이 닿는 데까지 일꾼으로 살아가야겠다.

문학의 길을 가다

꿈꾸던 대학동문회

새벽부터 발길을 재촉했다.

만학도로 만나 인연을 맺어 가족같이 되어 버린 동문을 만날 생각에 마냥 설레고 행복함에 볼까지 발그레 물든 날이다. 고교 동창생으로 만나 대학까지 함께 온 친구들도 있고, 대학에서 인연을 맺은 선후배들이 한자리에 모여 어려운 역경을 잘 이겨 낸 이런저런 스토리를 풀어 놓는 시간은 너무나 보람되고 행복한 시간이었다.

이번 동문회는 특별하게 계획되었다.

졸업생들이 모여서 새내기 후배들을 격려하고 앞으로의 대학 생활을 해 나가는 데 도움을 주고자 하는 뜻을 담아 프로그램이 짜였다.

낮에는 졸업 동문끼리 관광버스를 빌려 아침고요수목원 관람

하고 원주 소금산 출렁다리 가볍게 산책한 후 춘천 서울시립대학에서 신입생과 재학생들이 함께하는 신입생 오리엔테이션에 격려차 참석하는 날이다. 코로나로 인해 아무런 행사를 치를 수 없어 몇몇 기수는 입학식과 졸업식을 하지 못하고 그냥 지나가 많은 아쉬움을 남겼지만, 이번에는 모두가 함께 모여 그동안의 못 나눈 이야기꽃을 피우며 시간 가는 줄 몰랐다.

나는 새내기로 입학할 때, 입소문으로 이름이 알려졌고 교수님 간에도 이름이 오르내려 나름 조금 유명세를 뗐다고 할까? 자랑 같지만 사실 그랬다. 세상살이는 어떤 인연을 만나느냐에 따라 삶의 가치도 달라진다고 들었다. 잘은 모르지만, 불교에서는 인과 연으로 돌아가는데 이것을 인연법이라고 한다고 한다. 복중의 복은 인연 복이라 하고, 복을 잘 짓기 위해서는 자기의 그릇 채우기에 급급하지 말아야 하고 타인 먼저 배려하며 끊임없이 봉사하고 헌신하면 자신은 몰라도 남이 나를 알아주는 시기가 반드시 온다는 걸 몸소 느끼는 시간이었다. 아마도 필자가 나름 열심히 살았기에 좋은 사람들과 인연이 되었고, 사랑을 듬뿍 받고 있다는 생각을 했다.

나는 복이 참 많다고 생각했다.
집에서는 아무리 노력하고 몸 부서지도록 일해 가정을 꾸려가도 누구 하나 인정해 주는 사람 없었지만, 사회에서는 나름 많은 인정을 받고 있으니 최고의 인연 복을 타고난 셈이다.

학교생활하면서 사랑받은 만큼 나도 후배들에게 아는 범위에서 알려주면서 어렵지만 잘 이겨내라고 용기를 주는 것이 당연한 일이라 아무리 바빠도 이런 자리는 꼭 참석하고 있다.

이번 동문회는 1회 졸업생이신 대 선배님부터 신입생까지 한자리에 모여 잔치를 벌이는 날이다. 선배님들은 격려로 신입생에게 용기를 심어주고 재학생 후배들은 선후배들 챙기느라 바쁘고 신입생은 말 그대로 오리엔테이션 프로그램에 맞추어 어린아이처럼 갖가지 재능을 살려 재롱잔치를 하는 모습에 교수님과 선배님들 그리고 동기들은 지난날을 회상하며 각자 이야기꽃 피우느라 밤이 새는 줄 모르며 즐거워했던 때가 많이 그리운 날이다.

대학 총동문회가 정식으로 결성된 것은 15년만이다.
그동안 선배 회장님들의 끊임없는 노력으로 재작년 연말에 1회 총동문회가 있었고, 2회는 작년 말에 있을 예정이었으나 여건이 맞지 않아 오늘 2024년 01월 06일 서울 동대문에 있는 라마다호텔에서 열린다. 꼭 참석해야 하는 자리인데 작은 딸아이가 어제 부득이하게 작은 수술을 하게 되어 두 손녀딸을 돌봐야 해서 마음만 달려가서 있다.

은사님, 선배님 그리고 동기들과 후배들이 많이 그립지만 손녀딸과 즐겁게 보내고 있다. 어미를 처음 떨어져 보는 일이라 걱정했는데 둘이서 잘 놀고 해주는 밥 잘 먹어 다행이다.

5시부터 행사가 시작인데 지금쯤 하나 둘 모여 인사 나누느라 한창일 것이고, 행사 임원들은 차질 없이 준비하느라 꼼꼼히 살피며 바쁘게 움직이고 있겠지, 눈에 선하다.

우리는 늘 말했다.

어렵게 공부했는데 떳떳하게 대학 총동문회는 결성해야 하지 않겠느냐? 힘을 모은 끝에 12학번 선배님이 모 대학원 교수님이 되시면서 1대 회장을 하셨고, 2대 회장은 나와 같은 학번의 학생회장이 총동문회장으로 취임 예정이다. 이제 어느 정도 기반이 다져진 때라 찬조금과 격려금에 인색하지 않아 행사를 치르는데 큰 문제 없고, 선물 또한 푸짐하게 준비된다.

오늘도 많이 찾겠지? 염경희 라는 사람을.

소주 한 잔 기울이며 이런저런 이야기 꽃 피우며 노래도 부르고 춤도 추면서 한 분 한 분 찾아다니며 인사드리면 너무 좋아하실 텐데, 아쉬움이 많은 날이다.

젊어서 공부한 사람들도 우리만큼 애틋하고 열정이 끓어오르고 있는지 궁금하다. 지금도 2회 졸업하신 대선배님께서 전화하셔서 "염대표 언제 와요? 오늘 한 잔 해야지?" 하셔서 "선배님 저 오늘 못 갔어요. 너무 아쉬워요." 코맹맹이 소리로 답 드렸다. "에이 오늘 재미없겠다." 하시며 껄껄 웃으신다. 이렇듯 그립고 만나고 싶은 사람들과 함께 할 수 있는 시간이 감사하고 고맙다.

꿈꾸던 대학동문회

참석은 못 했지만, 모두가 한마음 한뜻으로 웃고 즐기며 총동문회가 나날이 발전되길 기원한다. 이 밤이 지나면 서울문화예술대학교 실버문화경영학과 동문회의 추억은 모두에게 길이 남을 것이다. 나이 들어서도 배움의 열정을 접지 않은 우리에게 큰 박수갈채를 보내며 추억담으로 남긴다.

입학식의 추억

어두운 긴 터널을 지나왔다. 예기치 못했던 신종 역병이 온 지구를 꽁꽁 묶어놓아 오늘같이 좋은 날에 서로를 경계하며 사랑하는 사람들을 멀리한 채 그리움을 안부로만 묻고 지내 왔다.

2019년 12월 중국 우한에서 처음으로 발생한 코로나-19가 아기 예수 탄생을 축하하는 캐럴마저 멈추게 했고, 한 해를 마무리하면서 서로 격려하고 위로하는 자리마저 빼앗아 버렸다.
이맘때면 신년 계획 세우며 해돋이 여행할 생각에 마음이 들떠 있을 때인데~~

코로나-19 감염 확산이 잡히는 듯하여 올 연말에는 딸 가족들과 강릉 바닷가를 돌아 정동진 해돋이 계획을 세웠다.
두 딸 출가시키고 처음으로 가족 여행을 한다는 생각에 내 가슴도 설레었고, 초등학교 입학한 큰 손녀가 며칠 등교도 못 해 선생님과 친구 간에 추억도 없을 것 같아 새로운 추억을 만들어 주고 싶어서 다섯 식구가 바닷가에 다녀왔다.

　두 손녀는 어려서부터 캠핑장에는 많이 다녀 자연을 잘 알고 식물 이름과 꽃 이름을 훤히 꿰뚫고 있었다. 얼마나 기특한지, 팔 십이 되어도 세 살 애들한테 배운다는 말이 있듯이 지금까지 살 아오면서 꽃을 자세히 들여다볼 시간적 여유가 없어 꽃 이름을 흔한 개나리 진달래 벚꽃같이 눈에 자주 보이는 것만 알고 있다 가 손녀에게 많이 배웠다.

　바닷가에 처음 가 본 손녀들은 밀려오는 파도가 무서워 근처 에도 못 가다가 다리 걷어붙이고 애들처럼 폴짝이며 파도 넘는 내 모습에 흥미를 느껴 조심스럽게 파도와 한참을 놀더니 다음 에는 여름휴가를 바닷가로 오자고 엄마, 아빠에게 다짐 받는 모 습이 설렘으로 가득해 보였다.

　강릉에 유명한 맛집에서 초당순두부로 점심을 먹고, 주문진 시장에서 회 한 접시 뜨고 생선 몇 가지 사서 돌아오는 길에는 월정사에 들러 소나무 숲길을 맨발로 걸으며 다람쥐와 교감하 는 시간은 코로나로 지친 심신을 위로받는 유익한 시간이었다.

　손녀들과 여행하면서 문득, 아득한 옛 추억이 아련히 파노라 마 되어 파란 하늘에 그려진다.

　초등학교 입학 시절이 떠올랐다.

하얀 광목으로 만든 코 수건을 곱게 접어 왼쪽 가슴에 달고 입학하던 그날은 유독 추위가 심했다. 아침 끼니도 거른 채 고사리 손으로 아버지의 손을 잡고 입학식에 가던 날은 봄이 온다는 입춘이 지났다는데 얼어 있었던 논두렁길이 채 녹지 않아 고무신이 자꾸 벗겨져 아버지 손을 놓쳐 버리곤 했다.

　그래도 천방지축인 나는 한복 치마를 펄럭이며 아버지의 손 꼭 잡고 종종걸음 재촉하여 학교에 도착했다. 여기저기서 친구들과 어른들의 피식피식하는 웃음소리가 까르르 까르르 들려왔고, 모든 시선이 나에게로 향했으며 나의 옷차림에 운동장은 한바탕 웃음바다가 되었다.

　어리둥절 둘러보아도 색동치마 저고리에 색동고무신의 옷차림은 나 혼자였던 것이었다. 그때야 아버지와 나는 웃음소리의 이유를 알았는데 아버지께서는 의연하신 채 풀어진 내 저고리 옷고름 고쳐 매어 주시며 "춥다." 하시며 목에 둘렀던 목도리를 내게 매어 주시는 손의 떨림이 나에게 전해졌다.

　한복과 색동고무신의 차림이 웃음바다를 만들었지만, 지금 와서 돌이켜보니 생활 형편이 녹록지 않아 부모님께서는 막내딸 입학식 때 입을 옷은 있던 한복에 맞추어 색동고무신을 준비해 주셨다.

　내가 부모가 되어 자식을 낳아 길러보니 그때 그 심정, 천만번

헤아릴 수 있고도 남음이다. 입 안에 있던 콩 한 쪽이라도 자식에게 주고 싶은 게 부모 마음 아니던가? "애지중지 금이야 옥이야." 기른 딸아이 시집을 보내며 바늘 하나라도 더 해주고 싶어 했던 그때의 내 심정도 마찬가지였으니까.

딸이면서 친구였던 그 애가 내 품을 떠나 엄마가 되어 손녀를 안겨 주어 함께 여행할 수 있는 이 시간이 너무 소중하고 감사하다.

출산을 앞둔 딸이 아기를 위해 배넷저고리와 신발을 만드는 것을 보면서 무척이나 오랜 세월 속에 묻어 두었던 "색동저고리와 색동고무신"의 추억도 떠올라 울컥거렸지만, 아이들 앞에서 티 낼 수 없어 꾹 참았다.

아이들과 모처럼 나선 여행길에 궁상떨면 누가 좋아하겠는가?

코로나-19로 인해 입학해서 빈 가방만 메어보다가 1학년을 마친 손녀딸도 먼 훗날 나처럼 초등학교 입학식이 아주 특별한 추억으로 간직될 것이다.

모처럼 아이들과 여행하면서 어린 시절의 나를 돌아보며 즐겁게 지냈다. 이 또한 훗날에 추억의 한 페이지로 남아 미소 짓게 할 것이다.

꿈은 이루어진다

꿈을 잃어버린 아픔이 이런 것이구나!

어린 마음이 억장이 무너지는 울음을 울어야 했었다.

상급 학교 입학 한 달 만에 자퇴해야 하는 처지가 되어 결국, 스스로 모든 책과 문구를 사랑채 아궁이에 넣고야 말았다. 하나씩 재가 되어 사라지는 걸 보면서 하늘이 뚫어져라 목청을 높여 울어보기는 아마도 처음이었다. 병석에 누워 있는 아버지가 원망스러웠고, 아무런 도움을 주지 않는 오빠들이 너무나도 밉고 싫었다.

지금에 와서 생각해 보니 오빠들은 사춘기를 보내고 있었던 모양이다. 가출도 해보았다. 하지만, 엄마 얼굴이 떠올라서 혼자 애쓸 엄마가 머릿속에서 떠나질 않아 방황을 접고 엄마 품으로 돌아와 두 모녀가 생계를 책임지게 되었다.

낮에는 밭일하고 해가 기울어 달밤이면 엄마와 둘이 함께 새벽시장에 내다 팔 상추, 쑥갓, 부추 등을 밤늦도록 다듬고 묶어서 다음날 동이 트면 십 리도 넘는 산길을 넘어 용주골이란 색시 촌에 내다 팔곤 했다. 그때마다 엄마는 나를 색시 촌 골목에서 멀리 떨어진 곳에 세워 두었고 생각해 보면 젊은 아가씨들이 훤하게 몸을 드러내고 있는 모습을 보여주기 민망해서 그랬던 것 같다.

그러기를 반복하면서 어린 나는 나름대로 돈벌이를 찾아 헤매게 되었다. 이웃집 언니를 따라 기술을 배우러 양장점에 갔더니 보모에 가정부 일을 해야 했고 기술은 배울 수가 없었다.

어린 나이에 밤잠 설치며 아기를 돌보고 시간 맞추어 연탄불 갈고 그 집안 기일 음식까지 해야 했다. 더 늦기 전에 그 집에서 벗어나야겠다는 생각에 무작정 뛰쳐나와 시집간 언니 집에 찾아갔다. 얼마나 걸었을까? 언니를 만났을 땐 두 발이 물집이 생겨서 피가 나고 언니를 보자마자 대문 앞에서 복받친 설움에 소리도 낼 수가 없었다.

자초지종을 들은 언니가 미용 기술 배우라는 말에 얼마나 기뻤는지 미용사가 된 듯 꿈을 꾸었지만, 언니도 나름대로 사정이 있는 걸 눈치 채고 언니에게 짐이 되기 싫어 생산 공장에 입사했다.

돈을 벌어서 엄마도 도와주고 틈틈이 모아 야간학교라도 다니려고 발버둥 쳤다.

나의 몫으로는 동전 하나 모을 수가 없었고 어찌하다 보니 일찍 결혼해서 아이를 기르며 태워 버린 책들과 가방이 나를 괴롭

했다.

학부모가 되어보니 부모의 학력란에 거짓 기재를 해야 하는 나 자신을 채찍질하며 학구열에 불씨를 댕겼다. 이렇게 화끈거리게 하는 이 순간을 잊지 말자. 다시 공부를 시작하자.

우선 내 아이들 공부시키는 데 최선을 다했다. 나 같은 아픔을 내 새끼한테는 물려주지 말자고 다짐을 하며 두 아이 공부시키면서 틈틈이 책을 보며 작은 아이 졸업만을 기다렸다.

여자로 태어나 남자로 살아온 삶, 하늘이 무심하지는 않았다. 지인의 추천으로 특채 임용의 기회를 얻어 나라의 녹을 먹는 직장을 가지게 되었다.

특채 조건은 조리사 자격증을 취득해서 직장에 제출하는 조건이었다. 단체 급식소에서는 자격증 소지자가 필요했던 초기였다. 일반적으로 알려진 정시 출·퇴근하면서 펜대나 굴리는 업무는 아니었지만, 의식주(衣食住)에서 식을 책임지는 일원으로 새벽 4시면 일어나 집 식구들 식사 준비해 놓고 5시 출근해 온종일 종종거리다 보면 두 다리는 퉁퉁 부었다.

그래도 퇴근하면 또 집 식구들 저녁 식사 준비를 해야만 했다. 요리학원 다닐 여건도 못 되고 해서 비디오 틀어 놓고 밤늦게까지 요리 연습해서 요리가 완성될 때마다 심사위원 대신 두 딸아이에게 냉정한 평가를 받아 당당한 요리사가 되었다.

시부모를 모시면서 직장생활 한다는 게 보통 힘든 일이 아니었지만, 아이들을 생각하면 주저앉을 수 없었다. 두 딸을 지키고

꿈은 이루어진다

책임져야 하는 의무, 그리고 나 자신과의 약속과 꿈을 실현하기 위한 일이었으니까~

작은 딸아이의 졸업과 동시에 난 검정고시를 위해 교재를 준비했고 틈틈이 책과 씨름하여 검정고시에 합격하면서 스스로 불 아궁이에 태워 버린 책가방을 찾을 수 있었으며, 그렇게 청운의 꿈을 이룰 수 있었다.

4년의 대학 생활은 또 다른 기쁨이었고 새로운 학연을 맺어 지난날의 아픔을 웃음으로 풀어내고 가슴속에 꽉 박혀 있던 바윗돌 하나 빼놓던 날!
하얀 스카프에 학사모를 쓰고 꽃다발을 한아름 안고 기쁨에 벅차하던 순간을 어찌 잊을 수 있을까?
지난날의 노력이 헛되지 않음에 감사를 하며 이제는 아픔을 기쁨으로 노래할 줄 아는 성숙함으로 새로운 도전을 하고 있다.
씨줄에는 사랑과 행복, 날줄에는 건강과 웃음을 엮어서 은하수에 뿌리고 황혼은 늙어가는 것이 아니고, 멋지게 익어간다는 확신을 하고 앞으로의 삶은 자연과 더불어 노래하는 글쟁이로 살고 싶다.

배움의 끈

혼히들 말을 쉽게 했습니다.

주위에서 쉽게 해 버리는 말들은 늘 긴 터널에 갇힌 작은 새처럼 답답한 심정이었습니다.

"가방끈이 짧으면 몸이 고생한다." 란 말을 들을 때마다 쥐구멍이라도 있으면 숨고 싶었고, 얼굴은 불에 익은 듯 화끈거리면서 가슴은 콩닥콩닥 방망이질했습니다. 큰 딸아이 초등학교 보내고 얼마 있으니까 딸아이는 하얀 종이 한 장을 내놓으면서 "엄마 선생님께서 이것 부모님 드리래요." 받아서 읽어보니 가정환경 조사서였습니다. 순간 뭐라고 대답을 못 하고 기어들어가는 목소리로 "어 알았다." 외마디 답을 하고는 밤새워 고민했습니다.

부모의 학력, 나이, 직업, 가족 상황, 집의 형태(초가집&기와집), 전자제품 유무까지 표기하라고 되어 있었습니다. 살고 있던 곳이 읍면 소재지였지만, 여러 집성촌이었는데 부유한 집 아이들은 속된 말로 금수저를 물고 태어나 부러움 없는 아이들이 많았습니다. 지금은 사라진 촌지 때문에 상처받은 일이 많았습니다. 부모님이 담임 선생님께 작은 선물이라도 주면 한 번 더 머리를 쓰다듬어 주는 때였기에 내 아이들도 마음의 상처를 받았을 것이란 생각이 많이 들었습니다. 나 역시 초등학교 다닐 때 수없이 느끼고 경험했던 일이라 충분히 알고도 남음이었습니다.

가정 환경 조사서에 초등학교 졸업&중학교 중태라고 적으면 속으로 또 얼마나 실망하고 상처받을까 하는 염려에 밤이 새는 줄 모르고 고민하다가 결국엔 중학교 졸업이라고 적어서 가방에 넣어 보낸 일이 내내 부끄럽고 미안했습니다.

결혼해서도 늘 시집 식구들에게 짓눌린 느낌으로 살았는데 현실에 닥치고 보니까 자신이 점점 더 작아지고 절망적인 것을 느꼈습니다. 둘째 딸 학교 보내면서 또 같은 일이 반복될 때는 앞뒤 분간 없이 부모님을 원망하게 되었습니다. 병석에 누워 있는 아버지가 원망스러웠고, 아무런 도움을 주지 않는 식구들이 너무나 밉고 싫었습니다. 중학교 입학 한 달 만에 자퇴해야 하는 처지가 되어 결국, 스스로 모든 책과 문구를 사랑채 아궁이에 넣고 말았습니다. 하나하나 재가 되어 사라지는 걸 보면서 하늘이 뚫어져라 목청을 높여 울어보기는 아마도 처음이었습니다.

그 후, 아침이면 먼발치에서 친구들 하얀 교복에 까만 스커트

입고 학교 가는 모습을 바라보며 혼자 울기도 많이 울었습니다. 그렇다고 혼자 고생하시는 엄마를 보면서 마냥 방황만 할 수 없었습니다. 낮에는 밭일하고 해가 기울어 달밤이면 엄마와 함께 새벽 시장에 내다 팔 상추, 쑥갓, 부추 등을 밤늦도록 다듬고 묶어서 다음날 동이 트면 십 리도 넘는 산길을 걸어서 아침 좌판에 내다 팔곤 했습니다.

그러기를 반복하면서 돈을 벌기 위해 나섰습니다.

도회지로 나가기로 결심하고 동네 언니가 다니는 양장점에 취직했는데, 정작 하는 일은 가정에서 살림시키고 양장점에서 필요한 허드렛일도 안 시켰습니다. 욕심은 낮에는 기술 배우고 밤에는 야간 학교 다닐 생각으로 서울에 간 것이었는데 생각도 못한 일에 모든 계획이 물거품이 되었고, 집으로 내려와 생산 공장에 다니다가 때 이른 결혼을 하면서 배움은 점점 멀어져 갔습니다. 막상 내 아이들을 학교에 보내보니 배움의 끈이 짧은 것이 이렇게 치부한 일인지 절실히 깨닫게 되었습니다. 결혼하고 아이들을 기르면서 늘 미안한 마음만 가득해 열심히 일해 예쁜 옷 사 입히고 학교 보내면 되는 줄 알았는데 모든 것이 부족할 뿐이었습니다.

가난한 것에서 벗어나게 해주려는 생각에서 오로지 돈 벌어 애들 뒷바라지하면 된다고 생각했습니다. 나처럼 상처받지 않게 학교에 잘 보내면 되는 줄 알았는데 걸리는 것이 너무 많았습니다.

배움의 끈

가정환경, 경제적 여유, 가족 간의 대화도 많이 부족해서 아이들에게 불안감을 주었습니다. 말로 다 할 수는 없지만, 술로 인한 불화가 잦아 아이들에게 미안했습니다. 많이 힘들었을 텐데 잘 견뎌 준 딸들이 정말 고맙고, 사랑한다고 이 글을 쓰면서 말을 합니다.

"사랑하는 딸! 삐뚤게 안 나가고 잘 견뎌 주어서 고맙다. 이제는 너의 보금자리에서 환하게 마음껏 웃으며 행복하길 바란다."

지금 같으면 가정 폭력, 아동 학대, 정서적 학대, 모든 것이 죄를 지은 것입니다. 정신을 다잡아야 했습니다. 아이들을 지키기 위해 온 힘을 들였고, 아이들이 자라 자기 둥지 찾아가 행복한 삶을 살기만을 간절히 바랐습니다.

아이들 대학 졸업만 기다렸습니다. 가정환경 조사서 받고 느꼈던 절망감과 부끄러움이 고스란히 남아 있어서 작은아이 졸업을 앞두고 고입 검정고시 시험을 준비했습니다.

직장에서도 주위에서도 제가 배움이 짧다고 생각하는 사람들은 없었습니다. 저 나이에 다 고등교육은 받았겠지? 생각했을 겁니다. 새벽 4시 30분에 눈 비비고 일어나 부랴부랴 아침 준비해 놓고 5시면 출근했습니다. 하는 일이 조리 종사자였습니다. 숙식하며 연수 받는 기관이었습니다. 출근해서 아침 식사 준비해 놓고 직원들이 교대로 씻고 그나마 조금 얼굴에 분칠하는 정도였습니다.

그렇게 직장에 매이다 보니 검정고시학원에 다닐 시간은 도저히 낼 수가 없었습니다. 짬짬이 시간 내어 문제지와 교재를 활용하여 공부했습니다. 여섯 과목 시험인데 한 번에 합격해야 하는 것이 아니고, 나누어서 시험을 치를 수 있었기에 다행이었습니다. 쉬운 것부터 합격해 놓고 어려운 것은 차근차근 순서대로 시험을 보았는데, 감독관들은 독수리처럼 매의 눈으로 감시했습니다.

원수는 외나무다리에서 만난다고 했던가? 감독관이 제가 속해 있는 곳의 교육청 관계자들이었는데, 시험장에 들어서니 입구에는 낯익은 사람이 있었습니다. 한 곳에서 같이 근무하던 주무관이 나를 알아보고 깜짝 놀랐습니다. 얼마나 부끄럽고 창피했는지, 당황해하는 모습을 알아챈 주무관님은 무언의 파이팅을 외쳐 주어 더 용기를 낼 수가 있었기에 아주 고마웠습니다.

그 후 두 번째 시험 날에는 '조리장님 오늘이 마지막이죠.' 하면서 손을 잡아 주어 고개를 끄덕이며 본 시험 결과 전 과목 패스하고 당당하게 합격하여 고입 검정고시 자격을 얻었습니다

어느 눈 내리는 겨울, 지나가던 길에 반가운 현수막이 눈에 띄었습니다. 의정부 모 고등학교에서 방송통신고등학교 학생 모집을 한다는 것이었습니다. 떳떳하게 모 모 고등학교 학생이 된다는 생각에 두 번 생각하지 않고 원서 제출하고 입학해서 3년 동안 새로운 만남으로 같은 처지, 같은 이유로 미루어 왔던 공부를 함께 한 친구들을 잊지 못합니다.

배움의 끈

서로의 입장을 잘 알기에 더 돈독하게 지낼 수 있었습니다. 3년 동안 학급 반장을 맡아보면서 포기하려고 하던 학우들도 포기하지 않도록 용기를 주고, 함께 가자고 설득하여 뜻을 같이한 학우들은 대학까지 같은 길을 걸어온 행복함에 지금도 만나면 말합니다.

"염 반장님 덕분에 염 대표님 때문에 여기까지 왔어요. 고맙습니다."

이럴 때면 기쁨은 두 배가 되었고, 어디에도 비할 수가 없었습니다. 3년을 공부하고 졸업하던 날! 두 딸 그리고 두 사위가 꽃다발을 전해 줄 때 그 기분 또한 말할 수가 없었습니다.

대학 4년은 좀 더 가벼운 마음으로 넓은 세상에서 배움을 얻었습니다. 검정고시를 준비하는 과정은 졸졸 흐르는 시냇물과 같은 좁은 문이었습니다. 그만큼 외로운 싸움에서 승리였습니다. 물꼬를 터놓으면 줄줄이 메마른 논에 물이 고이듯, 배움이란 끈을 잡고 나니 모든 일에 자신감이 생겼습니다.

고등학교의 배움이 강물처럼 흘렀다면, 대학교는 넓은 바다였습니다. 좀 더 넓은 세상에서 새로운 인연과 배움을 함께 하다 보니 작은 개울에서 놀던 미꾸라지에서 벗어나 바닷가를 누비는 고래 같은 든든함이 채워졌습니다.

4년 동안 과대표를 맡아오면서 리더십도 높이 평가받는 좋은 기회였음에 후회 없는 학창 시절을 보냈습니다. 지금, 이 글을 쓰는 시간은 옛말에 [시작이 있으면 끝이 있어야 한다]는 말을 되새겨 보게 하는 시간입니다.

같이 공부한 학우님 한 분이 80세를 바라보는 나이에 지금 박사 과정을 밟고 계시는데, 제가 닮고 싶은 사람입니다. 수전증에 음성 장애까지 이겨 내시고 배움을 향해 정진하는 훌륭하신 모습에 많은 가르침을 받고 있습니다. 지은이 유순호 [출판사 : 공감] [배움은 은퇴가 없다]란 자서전을 읽다 보면, "배움은 배울수록 모르는 게 더 많다."라는 말이 있습니다. 배움은 끝이 없지만 될 때까지 노력해서 하면 작든 크든 열매를 맺게 됩니다.

노력하면 후회는 작아진다는 것을 깨달았습니다. 저처럼 희망을 놓지 않으면 반드시 꿈을 향해 갈 수 있다는 말씀 감히 드립니다. 지금도 늦었다고 망설이는 분들이 계신다면, 늦었다고 생각할 때가 제일 빠른 시기라고 말씀드리겠습니다. 꼭 도전하셔서 마음의 응어리, 짊어지고 있었던 짐 풀어내셨으면 합니다.

배움의 끝

바람난 글 꽃 문학

올 한 해는 어떤 기쁨을 나누었을까?

혹여 누군가에게 상처를 주고 불편한 언어로 적을 만든 일은 없을까?

코로나-19로 인해 후유증으로 고생하는 사람들이 많다고 한다. 가족 간에도 경계선을 긋고 부모를 요양원에 모셔 놓고 발길이 묶여 그리움만 더 안겨 드린 날들이었다.

그래서 서로가 마음이 더 격해지고 모든 게 여유롭지 못하다. 기침만 조금 해도 쳐다보게 되고 코로나-19에 걸린 것은 아닐까? 의심하고 피하는 게 일상이 되었다. 자연을 노래하고 삶을 그리며 소통하다가 만난 4인방으로 구성된 글꽃문학스터디!

대구 바람쟁이, 부산 춤꾼, 밀양 그림쟁이, 이천 글쟁이, 이렇게 다양한 끼를 가진 4인방이 아침저녁으로 안부 물으며 정을 나누던 차에 대구 바람쟁이님께서 번개팅 제안을 해 오셨다.

두말할 것 없이 너도나도 만장일치가 되었고, 절묘하게 프로그램이 짜여 1박2일 부산 투어로 정하고 날짜를 잡아 속전속결 진행되었다.

3년 동안 발이 묶여 제대로 콧바람 한번 쏘여보지 못해 답답하던 차에 글꽃문학스터디 번개모임은 이천 글쟁이 마음을 어린아이처럼 들뜨게 했다. 대구행 고속버스 첫차 미리 예매하고 하루하루 그날이 오기를 기다리면서 역시 여행은 삶의 에너지이고 설렘만으로도 힐링이 되는 걸 새삼 느꼈다.

꼭두새벽에 일어나 꽃단장하고 콜택시 불러 터미널로 나서는 발길이 어린아이 소풍 가는 날 좋다고 하는 모습이었다. 첫차에 몸을 싣고 대구에 가는 내내 글 꽃 동행님들 만날 생각에 눈이 피곤한데도 잠이 들지 않아 파란 가을 하늘 뭉게구름에 꽃마리를 모아 줄을 세워 놓고 어느 것이 예쁜가 심사하여 고이 핸드폰에 저장했다. 뒷걸음치는 가로수들도 필자처럼 바람 든 듯 출렁이며 춤을 추었고 오색 단풍으로 물들어가는 산과 누렇게 익어 고개 숙인 나락들도 손을 흔들어 주었다.

버스는 휴게소를 지나쳐 달리고 달렸다. 한 번쯤은 쉬어도 되는데 무정차로 달리니까 앞자리 나이가 지긋한 어르신이 볼일이 급하신지 않았다, 일어났다 안절부절못하시는데 말씀을 안 하시고 기사님 처분만 바라시다가 끝내 화난 말투로 "기사님! 기사님은 화장실도 안 가세요?"

바람난 글 꽃 문학

그러시니까 한 남자분이 "한번 쉬어 갑시다." 하니까 "다음 휴게소에 들어가겠습니다."

버젓이 차 안에 "2시간에 15분 휴식 취하기"란 문구는 써서 붙여 놓고 안 지키면 졸음운전으로 인해 큰 사고가 날 수도 있는데 본인들이 안 지켜 아주 아쉬웠다. 사실, 나도 많이 참고 있었기에 휴게소 들어간다는 소리가 속으로는 너무 반가웠다.

달리고 달려 대구 복합터미널 도착이라는 안내가 나오고 대구 바람쟁이 시인님께서 5분 대기조로 기다려 주셔서 너무 감사했다. 그 길로 밀양으로 고고~싱, 타고 간 버스가 1시간 정도 지연되어 밀양에서의 약속 시간이 촉박했다.

부산 춤꾼 시인님과 밀양 그림쟁이 시인님은 벌써 둘이 만나 데이트 중이라고 인증 사진 보내면서 약을 올리고 있었다.

4인의 끼쟁이들이 만나 간단하게 국수 한 그릇씩 먹고 밀양 박물관, 퇴로저수지, 위양저수지, 밀양영남루, 밀양 연극촌 탐방하고 부산으로 출발, 넷이 만나 여행하는 것이 처음이지만, 글 꽃 동행답게 이야기꽃을 피우느라 기장 앞바다에 도착한 줄도 몰랐다. 어둠이 짙게 드리워진 바다, 철썩이는 파도 소리와 찝찔하면서 향긋한 바다 냄새에 "와 좋네, 와~~바다다." 야단법석인 애들 같은 어른들의 모습이 참 자유로워 보였다.

경치 좋은 횟집 찾느라 돌고 돌다가 부산 광안리로 가자고 의견을 모으고 차를 부산으로 돌렸는데, 도로가 어찌나 밀리던지

안전을 책임지는 대구 바람쟁이 시인님 고생 많이 하셔서 죄송스럽기만 했다. 두 남자와 두 여자 혹여 쌍쌍 커플이라 오해 소지도 있을 수 있으니까 밝히고 넘어가야겠다. 우리는 순수한 글꽃 스터디 모임이다.

부산 광안리 대교의 화려한 불빛이 우리들을 반기고 있었다. 발 디딜 틈 없는 뭇사람들과 함께 밤이 깊어져 가는 줄 모르고 아주 신선한 회 한 접시에 소주잔 부딪히며 웃음꽃을 피웠다. 2차는 당연히 노래방이 빠지면 안 되니까 건한 취기에 나폴리 음악실에 방 하나 잡아 각자의 끼 발산을 했다. 광안리의 화려한 밤바다와 사람 냄새나는 벅적거림이 흥을 더 돋워 주었으며, 노래하고 춤추고 동영상 찍으며 깔깔거리던 그날을 생각하면 지금도 빙그레 웃음이 난다. 어쩌면 끼들이 그렇게도 다분한지, 예술가 소질이 충분했다.

아 참! 아쉬웠던 것은 관광 도시라 미리 숙박 예약을 못해 아주 후진 모텔 방에서 잤는데, 금방 주저앉을 것 같고 곰팡내가 심한 곳에서 하룻밤을 지냈다. 그래도 좋은 사람들과 함께했으니, 그것도 추억이라 생각하면 좋은 것이다.

다음 날 아침! 동백섬에 들렀는데 부산지역 시인들의 시화전이 열리고 있었다. 후줄근한 천에 시를 넣어서 시화전을 열었는데, 바람에 펄럭이는 품새가 볼품이 없었다. 우리의 멋진 시화를 보다가 보니까 눈에 차지 않아 이 글을 쓰면서 대한문인협회 김락호 이사장님과 관계자분들이 진심으로 감사했다.

바람난 글 꽃 문학

동백섬을 돌아 해운대 해안 길 산책하고 부산 달맞이길 드라이브하면서 예쁜 카페에서 모닝커피 마시고, 점심은 부산에 사시는 염*식 시인님과 김*주 시인님이 함께 자리해 주셔서 정담을 나누었다. 매운탕과 회를 맛있게 먹고 대구 복합터미널에서 이천행 버스를 타야기에 아쉬운 발걸음을 서둘러야 했다.

만나면 반가워서 시간 가는 줄 모르고 놀다가 헤어지려니 아주 아쉬웠다. 글 꽃 동행님들 덕분에 오랜만에 대구도 가보고 처음으로 밀양 구경도 해 보았다. 돌아오는 길이 내내 아쉬움으로 가득했다. 그렇게 좋던 날씨도 주룩주룩 비가 내려 차창을 두드리는 빗소리가 구수한 경상도 사투리의 동행님들 목소리처럼 들렸다. 좋은 사람들과 맛있는 음식 나누고 소통한 시간을 고운 추억으로 간직하며 자주는 못 만나도 일 년에 두 번 정도 좋은 만남 있었으면 하는 바람이고, 참 좋은 글 꽃 스터디 모임이었다.

여기서 잠깐!
글꽃문학스터디였는데 그냥 끝나면 스토리의 의미가 없지 않은가?
이슬(소주)양이 살랑살랑 보드랍게 몸에 퍼져 있으니 끼는 더 살아나고 시도 한 수씩 읊어야지 않겠는가? 대구 바람쟁이 시인님의 멋진 시 한 편 올려보자.

스터디의 斑爛(반란) / 대구 바람쟁이

호화로운 광안리 대교가 출렁이는 파도 위에
쏟아지는 별빛을 주렁주렁 매달고
더렁실더렁실 춤사위로
글꽃문학 동행님들을 반기고

휘황찬란한 광안리 횟집 타워는
근엄한 자태 바다의 왕자 감성돔이 평정하고
기생오라비 이슬 씨는
한잔 술에 흥을 베고 술 상위에 눕는다

건하게 취기가 오른 글 꽃 나그네들
나폴리 음악실에 초대되어
저마다 끼 발산에 황홀 지경에 푹 빠져 허우적거린다

아름다운 동백섬의 터줏대감 동백꽃은
글꽃 친구들의 등장에 수줍은지
녹색 잎새로 얼굴을 가리고
길게 늘어진 수평선에
글꽃문학스터디 그들이 왔노라고 고한다.

　글꽃문학스터디를 하자고 먼저 말씀해 주신 대구 시인님께 감사하다. 부족하면 서로 채워주고 잘못된 부분 짚어주며 언제까지라도 동행이었으면 좋겠다.

　*이번에는 버스 안에서 지은 시 한 편 올려본다.

바람난 글 꽃 문학

번개모임 / 인향 염경희

설렘으로 지새운 밤
새벽이슬 맞으며 달려간다

콩닥콩닥 뛰는 가슴 어이할까
선남선녀 맞선보는 날도 아닌데
볼우물엔 미소 반 수줍음 반이다

차창 밖으로 뭉게구름 따라오고
논두렁에 널브러진 콩잎은
바람난 처자 치맛자락 나풀거리듯 하다

파란 하늘에 피어난
송이송이 구름 꽃송이는
글 꽃 동행의 웃음꽃이고
부산 앞바다 출렁이는 파도 같다

괭이갈매기 끼욱끼욱 노래하고
은빛 포말 위에 쏟아지는 별과 함께
글꽃문학스터디의 밤은 깊어져 가겠지!

광안리 대교가 호화찬란한들
향기에 취해 끼를 발산하는 글꽃문학스터디에 비할까
달콤한 소주 한 잔에 시 한 자락씩 엮어
광안리 앞바다에 띄우고
황홀한 추억은 첫 페이지로 장식한다.

우리의 첫 번째 추억의 밤은 이렇게 마무리되고, 두 번째 추억의 밤을 기약하며 4인방이 함께한 시간 고이 간직하며 여행기를 마친다.

미지의 섬을 밟다

올해는 여행 계획을 많이 세워 놓고 아이들처럼 부풀어 있는 마음으로 소풍 날 기다리듯 했다. 코로나로 발이 묶여 있었던 탓도 있었겠지만, 늘 그리움이 큰 몫을 차지했었기에 여행 날짜를 잡는 것에 대한 큰 어려움은 없었다. 여러 사람의 의견이 모이기란 쉽지 않은데 우선 회장님을 비롯한 임원진 의견을 모아 직장인들이 많은 관계로 주말을 낀 여행 일정을 잡았다. 졸업 여행을 대만으로 다녀온 후 한 달에 여행비 오만 원 적립해서 또 다른 외국 여행을 준비했었는데 무산이 되어 국내 여행으로 결정하고 제주도로 잡았다. 알고 보면 우리나라도 곳곳이 가볼 만한 멋진 곳이 많다. 동기들 28명이 모두 함께하는 데 의미를 두었고, 경비는 좀 차이가 났지만, 주말을 택했다.

물론 여러 번 다녀와서 안 간 사람도 있고, 갔다 왔지만, 함께 즐기고 싶어서 간 사람도 많다.

이번 여행은 14명이 함께 했는데 70대 3명, 60대 9명, 50대 1명, 40대 1명 다양한 연령대가 모이니까 얘깃거리도 다양해서 웃음거리는 두 배였다.

나는 아침 일찍 공항 도착이 어려워 전날 서울 친구 집에 가서 자고 공항으로 집결했다. 만나자마자 손을 잡으며 시작된 유머가 2박 3일의 전야제를 보는 듯 따끈따끈했다. 언니 오빠 부르며 재롱을 부리는 60대 소녀들은 인기 만점이었고, 그 모습에 흐뭇해하는 언니 오빠들 얼굴엔 웃음꽃이 떠나질 않았다. 비 소식이 있었는데 우리들의 깔깔거리는 웃음소리에 뒷걸음질을 쳤는지 3일 내내 비는 오지 않아 복받은 여행이라고 입을 모았다.

공항에 도착하니 시골 틱하고 농촌 아저씨 같은 분이 피켓을 들고 기다리고 있었다. 생각했던 이미지의 얼굴은 아니었는데 얼마나 친절하게 안내해 주는지 금방 친해졌다. 첫 번째 코스는 무지개 해안 도로, 도들오름을 돌고 점심을 먹기 위해 식당으로 향했다. 아침을 굶은 시간이어서 허기가 져 애들처럼 밥을 재촉했고 첫 번째 맛집은 제주 갈치조림과 고등어구이, 유명한 곳이었다. 입안에서 살살 녹아 밥 한 그릇을 쥐 눈 감추듯 했고 거기에 빠질 수 없는 소주 한 잔에 건배를 외치며 함께여서 행복은 두 배로 느끼는 시간이었다. 맛집부터 여행지 설명까지 알차고 짜임새 있게 해 주는 가이드가 정말 고마웠다.

점심 식사를 마치고 해안 산책로를 돌며 카페에 앉아 한바탕

미지의 섬을 밟다

호호 하하 웃으며 휴식을 취한 다음 금릉석물원에 들렀는데 가이드 기철(가명) 씨가 시키는 대로 포즈를 취하는 모습이 너 나 할 것 없이 유치원생 말 잘 듣는 모습이었다. 또, 더마파크 공연장에 가서 말 공연을 보았는데 얼마나 교육받았는지 땅만 보고 공연하는 말 모습에 마음이 짠하기도 했다. 말 못 하는 짐승들도 수 없는 교육을 받으면 실수 없이 책임을 다하는데 하물며 지식인이라고 하는 우리 사람들은 나쁜 짓에 눈을 먼저 뜨는 사람들이 많아 정말 많이 부끄러웠다.

기사이자 가이드인 기철(가명) 씨는 제주도 토박이라 제주도에 관한 전설과 현재 돌아가는 부동산 얘기까지 꼼꼼하게 설명하며 우스운 소리로 지루함이 없는 여행을 만들어 주었다. 그렇게 여행 1일 차가 끝나고 저녁은 제주 흑돼지구이를 먹고 하루 종일 수고해 준 기철(가명) 씨는 내일을 위해 귀가시키고, 우리들은 우리들의 밤을 즐겼다.

비행기 타고 물 건너왔는데 그냥 잠자리에 들 사람들이 아니었다. 마침 5,6월에 환갑을 맞은 사람이 둘, 칠순을 맞은 사람이 하나 있어서 노래방에 가서 케이크 자르기를 하고 생일잔치를 벌였다. 여기에 나도 함께 주인공이 되었다. 윤사월 생일이라서 환갑 때까지 3번이 돌아온다는 생일이라 더 의미가 깊었다. 여행비 외에 찬조금이 많이 들어와 경비는 넉넉하게 쓸 수 있었다. 나도 임원이라 총무님과 함께 경비 지출을 맡아 해야 했지만 무리는 없어 일하기가 수월했다. 환갑 생일잔치 한번 거하게 치르는 행복한 밤이었다.

　숙소로 돌아와 또 화자 방에 모여 입가심하며 거리낌 없이 오가는 대화 속에 웃음소리는 제주 밤바다를 잠재웠고, 여자 열 명 틈새에서 얼굴이 붉어져 부끄러워하는 오빠와 노총각을 보며 여자들은 짓궂게 농담하며 첫날밤을 보냈다.

　미지의 섬 마라도 가는 날이 너무 설레었다. 처음 가보는 곳이라 더 그랬다. 2일 차 아침 무슨 일이 있었냐는 듯 아무렇지도 않은 표정으로 조식을 마치고, 국토 최남단 섬 마라도 섬에 들어가는 날이다. 시원한 파도를 가르며 배는 출발했고, 어린 소년 소녀처럼 뱃머리에 서서 사진 찍기에 바빴고, 나는 대한창작문예대학 가는 날인데 학교에 결석하게 되어 실시간 사진을 전송하기 위해 부서지는 파도를 동영상으로 찍어 단톡(단체 카톡)방에 올렸다. 아주 미안했지만, 미리 정해진 여행이라 교수님께 허락받고 온 여행이니 맘껏 즐기고, 돌아가면 더 열심히 수업 참여 못했던 자료 얻어 숙지해서 잘 따라가야겠다고 생각했다.

　사방이 바다인 제주! 바람도 우리들을 반기는 건지 그다지 심하게 불지 않았고 비 소식이 있어 걱정했는데 비도 안 오고 드넓은 바다와 하늘이 맞닿아 에메랄드빛은 아주 예술이었다. 입을 모은 한마디는 "우리는 복받은 사람들이다. 대만 여행도 비 한 방울 안 와서 최상의 여행을 즐겼는데 이번 여행도 최고다." 환호성을 질렀다.

　　　미지의 섬을 밟다

미지의 섬으로 가는 날!

마라도 섬에서는 짬뽕을 먹어야 한다고 했지만, 가이드가 절대 먹지 말라고 해서 우리는 회 한 접시 시켜 놓고 드넓은 바다에 안겨 마시는 소주잔에 추억을 담았다.

마라도 섬을 빠져나와 유명한 해물 전골에 옥돔구이로 점심을 먹고 용머리 해안을 돌아 주상절리 길을 걷고, 제트보트 탈사람 타라고 해서 선뜻 탔다. 얼마나 재미있었던지, 360도 회전할 때 그 스릴이 최고였다. 이제 행글라이더 탈 기회가 오면 그것까지는 타 보련다.

국제컨벤션센터와 카멜리아힐을 마무리로 회 정식을 먹으며 2일 차 추억을 쌓는 밤을 보내고 내 방에 모여 하루의 즐거움을 나누며 회포를 풀고 나서야 내일을 위한 꿈나라로 갔다.

3일째 되던 날, 가이드 기철(가명) 씨가 날씨가 끄물거린다며 코스를 바꿔 에코랜드테마파크, 낙타 도보 여행 먼저 하자고 했다, 낙타 타고 인증 사진 찍고, 아리랑 혼 & 태권도 공연을 봤는데 우리나라 태권도 역시 세계 최고란 생각을 하게 했다. 작은 몸짓에 날렵한 몸놀림 함성이 절로 나왔고 다시 한 번 대한민국 국민으로 살아가는 것이 자랑스러웠다.

14명이 탄 버스는 맛집으로 향했다.
제주도의 특산품 고사리 돼지고기 불고기 백반에 좁쌀 막걸리로 출출한 배를 채우고, 이번 여행 마지막 코스로 향했다. 보롬왓, 사려니 길, 족욕 체험, 제주도 기념품 직매장에 들러 이번 여행에 함께하지 못한 동기들에게 선물을 보내고, 저녁은 전복죽을 먹고 우리의 2박 3일의 화려한 여행은 막을 내렸다. 제주 공항에 도착해서도 꼼꼼히 챙겨 준 가이드 기철(가명) 씨는 앞으로도 내내 기억에 많이 남을 것이라고 하면서 서로 아쉬운 이별을 했다.

특히, 오고 가는 기내에서 형들과 누나들 캐리어 챙기느라 애쓴 막내둥이 노총각에게도 진심으로 감사하다는 말을 전하며 이번 여행을 추진해 주신 안*근 회장님과 총무국장 송*숙님, 그리고 임원진 분들께 감사드리고 부족한 점이 없지 않아 있었을 텐데 즐겁게 함께해 주신 동기님들께 진심으로 감사드린다. 차후에는 더 멋진 여행을 준비해 추억을 함께 만들어야겠다.

이번 여행은 나에게 참 의미 있는 여행이었다. 평생 일에 묻혀 살다가 환갑 때까지 원 생일은 세 번 찾아온다는 생일이었고, 제주도도 세 번째 가는 여행길이었다. 첫 번째는 결혼 10년이 넘던 해에 새 차 구입해서 완도에서 배에 차를 싣고 갔었는데 택배로 보내도 될 것을 차에 귤만 한 차 사서 싣고 왔다.

두 번째는 직장 산악회에서 제주도 여행을 했는데, 그때는 학생회장 후보로 선출이 돼 꼭 있어야 할 자리라 하루 먼저 혼자서 돌아와 총학생회장 투표에 참석했다.

미지의 섬을 밟다

세 번째는 예쁜 나이 세 번째 스무 살을 맞아 이번에 제주도 여행을 하게 되었는데 이번 여행은 정말 멋지고 화려한 여행이었다. 미지의 섬도 밟아 보았으니 이제 우도와 울릉도, 독도에 가 봐야겠다.

지금까지 살면서, 그리고 직장 다니면서 나만을 위해 11일간의 긴 여행을 한 것이 앞으로 살아가면서 나를 많이 사랑하라는 교훈을 주었다. 나 없으면 안 된다는 생각을 버리고 용기를 낸 자신에게 큰 박수를 보내며 미흡한 여행기를 마친다.

남은 삶은 나만을 위한 나만을 위해 돈도 벌고 쓰면서 어려운 이웃에게 재능 기부하며 더불어 살 것이다.

제3부 그리움

복숭아가 익어 갈 무렵이면

엄동설한 칼바람에 깊은 잠자리에 들었던 만물이 기지개를 켜면, 아득히 먼 곳에서 봄바람 타고 귀에 익었던 기침 소리가 들려온다. 아버지가 계신 곳에도 봄이 온다는 기별이 갔을까 궁금하다. 그곳에서도 기침하시느라 매일 아침 고생을 하고 계신 것은 아닌지 걱정된다. 찬바람이 나기 시작해서 긴 긴 겨울을 보내고 봄바람이 일어 꽃망울을 터트릴 때까지 아버지의 고질병인 해수(海獸)는 끊이질 않았다.

직장에서 인사이동으로 평생 나고 자라서 생활했던 곳을 벗어나 장호원에 와서 살다 보니 어릴 때 먹던 복숭아가 많이 생각난다. 아주 어렸을 적에 울안에 있던 복숭아나무 두 그루는 군것질거리가 없을 때 유일하게 효자 노릇을 톡톡히 했다. 분홍색 꽃이 피기 시작하면 진한 향기는 온 집안에 퍼져 봄이 왔음을 알렸다. 점점 해수(海獸)로 병이 깊어져 끝내 병석에 자리보전하신 아버지는 복숭아나무에 꽃이 피고 열매를 맺는 것을 보는 것이 하루를 보내는 유일한 낙이었다. 몇 개가 달렸는지, 몇 개 떨어졌는지, 얼마나 익어 가는지, 쪽문 열어 놓고 하루 종일 복숭아나무만 바라보셨다.

몸을 맘과 같이 움직이지 못하니까 복숭아나무에 익어가는 복숭아를 딸 수 없어 바라만 보다가 오빠들이 들에서 들어오면 따라고 해서 몇 개 안 되지만 식구들이 촛불 켜 놓고 먹다가 벌레를 씹은 일도 있었다. 기겁을 해 뱉어내면 벌레도 약이 된다며 괜찮다고 하셨다. 아버지는 제일 말랑하고 큰 것은 할머니와 막내인 나에게 주셨고, 나머지 식구들은 못나고 벌레 먹이를 주신 후에 나머지 최고로 무지라기 복숭아는 아버지가 드셨다.

누워서 복숭아나무만 바라보신 아버지는 동네 아이들 목소리가 들리면 누구라도 따 갈까 봐 기침 소리로 망을 보셨다. 그렇게 지켜 낸 복숭아를 가족부터 챙긴 것이 지금 생각하면 너무 가슴이 아리다.

이곳 장호원은 본래 복숭아가 특산물로 유명한 곳이라 여러 종류의 복숭아를 실컷 먹고 있는데, 눈으로만 잡수시던 복숭아! 지금 아버지가 살아 계시면 얼마든지 사드릴 텐데 안타까운 마음뿐이다.

아버지가 심한 해수(海獸) 병을 앓게 된 동기는 다음과 같다. 아버지는 19세에 가장이 되셨는데 할머니와 엄마, 아버지 세

식구가 살고 있을 때 6·25전쟁이 났고, 피난길에 큰 기와집에 먹을 것을 찾으러 들어갔다고 하셨다. 그 집 방안에는 피난길에 오르지 못한 노부부가 나란히 누워 숨져 있었다고 한다. 아마도 두 분 중에 한 분이 움직일 수 없었기에 이러지도 저러지도 못하는 입장에서 한길을 택한 것 같았다고 말씀했던 기억이 난다. 여기저기서 총소리는 들려오고 마음이 다급해 노부부의 얼굴만 천인지, 이불인지 모르는 물건으로 가려 놓고 광에서 쌀 한 말 남짓 메고 도망 나와 보니 포 소리가 코앞에서 들려 그 길로 임진강 물속으로 숨었다고 하셨다.

추위와 물속에서 떨었던 것이 감기로 이어지고 해수(海獸) 병을 앓게 되어 아침이면 기침 때문에 두어 시간은 고생하신 기억이 난다. 새벽 서너 시면 잠에서 깨신 아버지는 옷을 입는 시간이 꽤 긴 시간이 걸렸다. 기침이 한번 터지면 다리 한 짝 끼고 기침하고 또 한 짝 끼고 기침하고, 연이은 기침 소리에 새벽잠을 설칠 때면 짜증이 나 이불을 뒤집어쓰곤 했다.

시골집에 방이 없어 할머니와 오빠들은 같은 방을 쓰고 막둥이인 나는 엄마 아버지와 방을 같이 썼기에 늘상 겪는 일이었다. 지금 와 생각하니 철이 없어도 한참 없었다. 죄송하고 부끄러운 마음에 얼굴이 화끈거린다.

복숭아가 먹음직스럽게 익어가는 계절이 다가오니 아버지가 많이 생각난다.

기침에는 복숭아가 약이라는데 지금 살아 계시면 마음껏 드시고 병도 고칠 수 있었을 것이란 아쉬움이 크다. 출퇴근길에 좌판에 곱게 포장된 박스가 유혹을 하지만, 딱히 줄 사람도 먹을 사람도 없으니 피로에 지친 아주머니의 몰골이 안타까워도 선뜻 살 수 없다. 복숭아가 유명한 고장이라 복사꽃이 필 때부터 수확기가 끝나고 축제가 열리기 전에는 인력이 매우 부족해 웬만한 일터에는 사람이 없어 애를 먹는 처지다. 직종은 달라도 이맘때면 나 역시 인력을 구하기 힘들어 많은 애로가 따른다.

종류도 다양해서 도대체 몇 가지의 복숭아가 있는가에 대해 지인을 통해 알게 되었다. 7월 상순에는 케이원과 당황도 나오고, 중순에는 조생 미백과 동막 조생, 하순에는 그레이트가 나와 한여름 과일로 인기 만점이다. 8월 초순에는 천중도, 하순에는 애천중도, 유명, 중황도, 명품왕, 앨바백도가 수확된다고 한다. 9월 초순에는 황귀비, 대향금, 중순에는 장호원 황도, 하순에는 양홍장, 이렇게 많은 복숭아가 제각기 맛이 다르고 지역 특산물로 유명하여 복숭아 축제가 열리는 날엔 인산인해를 이뤄 발 디딜 틈 없이 최고의 축제 날이 된다.

일 년 내내 비지땀 흘린 농부들이 결과를 얻어내고 함께 기뻐하는 날은 지역 주민들만이 아니라, 각 지역에서 몰려와 함께 즐기고 축하해 주는 날이다. 나 역시 제2의 고향으로 맺어 살고 있는 장호원이 자랑스럽다. 복사꽃이 필 때면 아버지 기침 소리가 들려오고, 탐스러운 복숭아 한 입 베어 물면 고향 집 울안이 그리워진다.

아버지가 계신 하늘나라에도 택배 길이 열리면 얼마나 좋을까?

눈으로만 잡수시던 복숭아를 많이, 아주 많이 보낼 수 있는데 하는 아쉬움에 그리움은 더 깊어져 가고 아버지의 기침 소리는 귓전에서 맴도는 밤, 오늘 밤엔 유난히 아버지가 보고 싶다.

아직도 마음만은 소녀

어느 여름날이 생각난다.

어둠이 내려오면 마루 한구석에선 자그마한 불꽃이 꺼질 듯, 말 듯 간간이 스치는 바람을 이겨보려 안간힘을 쓰고, 마루 밑에선 진회색 연기만이 매콤한 냄새로 온 집안을 감쌌다.

그 연기와 냄새는 저녁이면 찾아드는 불청객(모기)을 퇴치하는 유일한 수단이었기에 밤이 되면 너 나 할 것 없이 집집마다 모깃불을 놓았다.

지금처럼 TV가 없는 시절이라 긴긴밤을 보내기엔 지루한 밤이었다. 안마당엔 평상이나 멍석 위에 모여 앉아 이른 저녁 탓에 출출해진 허기를 달래기 위해 찐 감자를 까먹고 옥수수를 한 알 한 알 뜯어 먹으며 정담을 나누었고 누워서 하늘을 보면 하늘은 어느새 꿈을 꾸게 해주곤 했었다. 유난히도 별이 크게 보일 때면 어느새 우주인이 된 것처럼 별 여행을 떠났다.

얼만큼의 시간이 지나면 마루 한구석에서 아슬아슬 춤을 추던 불꽃이 꺼질 때는 등잔불에 기름이 다 닳아 없어졌기 때문이었다. 마치 기다렸다는 것처럼 가끔 아주 작은 빛이 나타났다가는 사라지고, 또 나타나고…… 지금은 볼 수 없는 그것이 반딧불이었다.

　"와~~ 반딧불이다" 잡아보려 애써보지만 잡히질 않고 이내 사라졌다. 그때는 자주 볼 수 있었던 반딧불이었는데 1970년대 초반 전기 보급이 되고 도시화가 되면서 먼 옛날 아름다운 추억 속의 반딧불이 되었다. 반딧불이 별똥이라 생각했던 우주의 꿈에서 전기 보급과 동시에 깨어난 것이다.

　유년 시절에는 되돌아보니 풀뿌리 하나, 돌멩이 하나하나가 소중하게 생활에 쓰였고 자연의 소중함을 일깨워 주었다. 들에 무성하게 자라난 쑥대는 모기향이 되었고, 흐르는 시냇가에 제멋대로 굴러다니던 커다랗고 잘생긴 돌은 아궁이가 되어 밥을 끓여 먹고 넓적한 돌은 빨래판으로 사용했다.

　생활 조건이 지금처럼 좋지는 않았어도 옹기종기 모여 앉아 가족 간의 대화는 더 자주 할 수 있었는데, 지금은 정보화시대로 바뀌면서 스마트폰이 생겨 가족 간의 대화는 단절되고 혼자 밥 먹는 위주로 변해가고 있다. 밥상머리에서도 한 손에 수저를 들고 한 손엔 폰을 들고 고개는 숙인 채 손놀림만 하는 세상이 되었으니 참으로 안타까운 일이 아닐 수 없다.

요즈음에는 나이가 들어가는 탓일까? 4~50여 년 전 하늘의 별을 세고 우주의 꿈을 꾸던 그 여름밤이 많이 생각난다. 그때는 생활수단이었지만, 지금은 추억을 소환하여 여행을 떠난다. 조그마한 시골 마을이 그리워지는 때가 많아져 문득문득 자란 고향을 품에 안는다. 아늑하고 소박했던 그 시절을 그리워하며 마음이란 도화지에 그림을 그려 간다.

노란 초가지붕 위에 박꽃이 피면 제비들이 찾아와 빨랫줄에 줄지어 주절거리고, 처마 밑에 집을 지어 새끼에게 먹이를 물어다 주면 서로 먹겠다고 아우성 대는 소리에 조용할 날이 없었다. 박이 주렁주렁 달린 지붕은 마루에 앉아 그림 그리기에 딱 좋은 풍경이었다.

오늘따라 어린 시절 소꿉친구들이 아주 그리운 날이다.
아카시아꽃송이로 왕관 만들어 쓰고 반지꽃 따서 꽃반지 만들어 서로의 손가락에 끼어주면서 언제까지라도 변치 말자고 약속했던 친구가 많이 그립다.
네 잎 클로버 행운을 기다리던 그때 그 친구는 지금쯤 어떻게 변했을까? 개나리가 활짝 핀 울타리 밑에서 소꿉놀이하던 친구들 지금은 어디서 어떻게 살고 있을까? 길거리에서 만나면 알아볼 수 있을까? 아마 이름을 대고 기억을 더듬어야 그때서야 아! 하면서 알아볼 것 같다. 머리에는 하얀 꽃 내렸을 것이고 중년이 된 모습은 느물느물해져 서로 마주 보며 웃음만 짓겠지.

아직도 마음만은 소녀

새삼 돌이켜보니 참으로 즐거운 일들이 많았기에 그 시절을 잊지 못하고 추억을 더듬는다. 하굣길에 따먹던 찔레꽃 줄기, 논두렁에서 따먹던 아카시아 꽃, 입안에 침이 고이도록 시어 눈을 찡그리며 목에서 신물이 올라오도록 먹던 싱아가 기억이 난다.

또, 부끄럼도 없이 여름에는 또래 남자아이들과 웅덩이에서 목욕하고, 겨울밤이면 너도, 나도 나와 흰한 달빛 아래 술래잡기할 때는 애써 쌓아 놓은 짚가리 속에 숨었다가 넘어뜨려 다음 날이면 군일 거리 만들어 일냈다고 어른들에게 경도 많이 쳤다.
재래식 화장실에 숨었다가 발을 헛디뎌 인분에 빠져 애먹었다. 여름밤이면 수박 서리, 참외 서리, 오이 서리를 하다가 주인 아저씨한테 혼쭐도 나고, 지나와보니 참으로 그리운 날들이다.

중년이 된 지금도 가슴이 뛰고 설레며 두근두근 되는 것이 아직도 마음만은 꽃봉오리 터지기 전 탱글탱글함이 가슴을 요동치고 있다는 증거 일 것이다.
좋은 사람 앞에선 예뻐 보이고 싶고, 볼이 발그레 상기되니 나도 여자였다는 생각을 하게 되었다. 일에만 묻혀 살았고 책임감에 잊고 있었던 나를 알고 나서야 비로소 알게 된 진실! 역시 나도 누군가에게 사랑받고 싶었고, 보호받으며 의지하고 싶었다.

이제는 자신과 약속한다.
지난날을 돌아보지 말고 내가 겪었던 모든 일들은 지금의 당당한 나를 만들어 낸 밑거름이라 여기고 상처 주는 일 하지 말자고 다짐한다.

이제 와 무슨 소용이겠나 싶지만 여자로 살지 못한 지난날이 몹시 아프다. 아주 많이 힘들었고, 홍역을 앓고 나서야 자신을 찾았다. 지금은 누구에게 상처받고 무시당하고 짓밟히는 일이 없으며 아주 많이 행복하고 즐거운 삶을 살고 있다 보니 세월이 약이었다고 생각한다.

제2의 삶을 준비하면서 좌절도 하고 큰 홍역을 치렀지만 아팠던 만큼 성장하는 과정이라 생각하니 이제는 아픔을 잊어가고 있다. 내일 아침 해가 뜨면 내겐 새로운 희망이 씨앗을 뿌려 줄거라 믿고 꿋꿋하고 당당하게 내일을 맞을 것이다.

이제는 여자로서 가슴도 설레고 콩닥콩닥 심장이 뛴다. 세월이 이만큼 흘렀어도 아직도 마음은 소녀감성이 살아있다는 걸 실감하며 아카시아 꽃반지 나누어 끼던 친구들과 그때 그 감성으로 무르익는 삶을 살고 싶다.

아직도 마음만은 소녀

꽃상여

아! 개운하게 잘 잤다. 지난밤 꿈속에서 아버지를 만나서일까? 긴 잠에서 깨어보니 하늘엔 온통 꽃구름 잔치였다. 주홍빛 햇살은 덩달아 기지개를 켜고, 몸도 마음도 모처럼의 휴일을 맞는 기분 좋은 날!

모닝커피 한잔 생각이 난다. 솜사탕 같은 하얀 눈망울이 소복이 쌓인 창가에는 아침 햇살이 눈부시게 내려앉고 금방이라도 바람에 날릴 듯 아슬아슬하다.

불현듯 그날이 떠올랐다.

아마 그날도 방축 골(마을 이름)에는 살갗을 파고드는 매서운 동장군이 우뚝 서 있었을 것이다. 방축 골 집집이 마당 귀퉁이엔 꽁꽁 얼어붙은 눈 더미가 쌓여 있었으니까.

4~50년 전 고향 집이 생각나 멀리 고향 땅이 있는 쪽 하늘을 바라본다.

어느 해 할아버지 기일이었다.

나는 망아지처럼 대문 안, 밖을 정신없이 드나들었고 사랑채 쇠죽솥에는 연시 장작불이 타고 있었으며, 장손인 큰오빠는 시뻘건 불덩이를 화로에 담아 마루 한 모퉁이 햇살 찾아 앉아 계신 할머니 앞에 가져다 놓았다.

엄마는 적 거리와 부침 거리를 준비해 화롯불 앞에 가져다 놓고 잰걸음으로 부엌으로 들어가셨고, 할머니께서는 수당(솥뚜껑)을 화로에 올려놓고 하얀 덩어리 하나 툭 던져 놓으니 기름 타는 냄새가 온 집안을 메웠다. 그것은 바로 정육점에서 적 거리를 끊어 오면서 덤으로 얻어온 소기름 덩어리였다.

그때만 해도 식용유가 귀하던 때라 그것으로 부침질했다.

음력 섣달 열흘! 할머니께서 할아버지 기일에 올려놓을 음식을 마지막으로 준비했던 날이다. 감기에 걸린 듯 그날부터 자리에 누우셨는데 닷새 되던 날 할아버지 곁으로 긴 여행을 떠나셨다. 방안에 메주 떼어 밖으로 옮겨라~ 장롱 마루로 내 놓아라~ 등등 손수 여행 떠날 준비를 다 하신 후 그렇게 깨끗한 모습으로 가셨다.

나이가 어느 정도 되면 본인의 운명을 예측하는 사람들도 있다더니, 아마 알고 계신 듯하다고 동네 어르신들이 말씀하시는 것을 들었다.

소싯적엔 장례 치를 채비를 집에서 했던지라 마을 장년, 청년, 아낙네들이 분주하게 드나들었으며 마루에서는 할머니가 타고

꽃상여

가실 꽃가마에 쓰일 꽃 접기에 한창이었다. 한지를 동그랗게 가위질을 한 다음 그 테두리를 잘게 잘라 오색 물감을 들이고 꼬챙이로 똘똘 말아 꽃 모양을 내어 가운데 구멍 내고 여러 장 포개 꿰매 놓으면 예쁜 꽃이 되었다.

꽃상여가 다 만들어지면 건장한 장년들이 활활 타오르는 장작불 앞에서 예행연습을 했다. 상여꾼들은 꼭 아들을 낳은 사람만이 멜 수가 있었는데 아마도 전해 내려오는 유일한 전통 풍습이었을 것이다. 상여꾼들이 빈 상여를 메고 거나하게 취기가 있는 구성진 가락을 읊어대면 동네 아주머니들 일손 멈추고 앞치마에 콧물 눈물 닦으며 함께 슬퍼했다.

상여 앞에서 소리를 메기는 소리꾼이 땡그랑 땡그랑 종을 흔들어 울리며 동네 한 바퀴 돌면서 구성지게 선창하면 상여꾼들이 후창 했다.

"어 하네 ~어허~ 이제 가면 언제 오시려나.
어~어~가~~ 어허~ 어가라 영차 어가 어허~
내 새끼들 불쌍해서 어떻게 가나?
한번 가면 그만인데 내 새끼 눈에 밟혀 어떻게 갈까?"
이런저런 푸념 소리는 어둠을 가르며 밤하늘에 울려 퍼졌고 소리꾼들은 점점 목청을 높여 온 동네 사람들을 슬픔에 잠기게 했다.

방축 골에서 선산이 있는 곳까지는 지금 차로 20분 정도 걸리는데 한 시간 넘는 길을 걸어서 못자리까지 갔었다. 지금은 사라지고 없겠지만 방축 골엔 상여 보관소가 있었기에 가능했던 일이다.

할머니는 할아버지 기일 준비 끝에 떠나셨고, 몇 년 후 아버지께서도 지병으로 환갑도 못 지내시고 추석 명절 다음 날 하늘나라로 떠나가셨다.

아버지께서 철없는 막내딸에게 마지막 하신 말!
"추석 지났냐? 동네 사람들 차례 모신 후 죽어야지 욕 안 먹는다."
"아버지 어제가 추석이야 지났어."
"그래!" 하시면서 안도의 숨과 마지막 숨을 몰아쉬시며 먼 길을 가셨다.
예나 지금이나 시골에선 명절 앞두고 동네에 초상이 나면 차례를 안 모시는 풍습이 있었기에 피해를 줄까 봐 걱정하셨다.

나이는 어렸지만, 시집살이하면서 임종에 대한 귀동냥을 많이 했었기에 어린 나이였지만, 물수건으로 아버지 얼굴도 닦아 드리고 손톱, 발톱도 잘라 드리며 가시는 길 깨끗이 보내드리려고 엄마가 미리 준비해 두었던 하얀 한복으로 갈아입혀 드렸다.

옛 말씀에 임종 자식은 따로 있다고 했던가?

꽃상여

가을걷이 때라서 엄마와 오빠들은 마당에서 콩 타작과 깨를 털어 치우느라 일손이 바빠서

아버지를 돌보던 내가 혼자서 임종했다.

요즘 볼 수 없는 풍경이 되어 버린 꽃가마!

장례 버스가 있었지만, 아버지가 꽃가마를 원하셨기에 동네 입구까지는 꽃가마로 모셨고 나머지 길은 장례 버스를 이용하여 모셨다. 아버지 생전에 늘 꽃가마를 타시겠다고 유언처럼 하셨기에 할머니 보내드릴 때처럼 고운 꽃가마 태워 할머니 품으로 보내 드렸다.

할머니는 정월 한가위 보름달이 환하게 떠 있는 날에 떠나셨고, 아버지는 팔월 한가위 대보름 달 밝은 날에 떠나가셨으니, 하늘나라에서 모자간 정을 나누며 행복하게 계실 거라 믿는다.

오늘은 아버지가 많이 보고 싶다.

첫눈이 소복이 쌓여가는 것처럼 아버지에 대한 그리움도 짙어가는 아침, 차 한 잔에 그리움을 달래본다.

추억은 멀어져 간다

　쇠머리 산 산줄기를 따라 내려오면 산등선을 경계 삼아 작은 말, 큰말, 새터 말, 세 마을이 합쳐진 방축 골!
　소머리 형상을 하고 있어 쇠머리 산, 마을 뒤를 거대하게 감싸 안아 아늑하고 포근하기만 한 곳이 내 고향이다.

　마을을 들어서면 입구에 수백 년 자란 아름드리 느티나무가 있었는데, 그 아래 정자는 어르신들의 쉼터이자 놀이터였다. 농사일하고 나서 잠깐잠깐 허리를 펴고 피곤함을 달래는 곳이다.
　한쪽에선 삼삼오오 둘러앉아 화투를 치고 구경꾼들은 훈수 두고, 또 한쪽에선 바람 소리 자장가 삼아 드르렁드르렁 코를 골며 피곤함을 달랬다. 동네 아이들은 등굣길이면 약속이라도 한 듯 그곳에 모여 줄을 서서 반장의 구령 소리에 맞추어 등교했던 만남의 장소였다.

마을 한가운데는 공동 우물과 빨래터가 있었는데 유일하게 아낙네들의 속을 풀어 놓을 수 있는 그런 곳이었지. 얘기 보따리 풀어 놓다 보면 빨래 광주리에 한가득했던 빨래는 끝이 났다.

　한여름 밤 어둠이 내려오면 마루 한구석에선 자그마한 등잔불이 꺼질 듯, 말 듯 간간이 스치는 바람을 이겨보려 안간힘을 쓰고 마루 밑에선 진회색 연기가 매콤한 냄새를 풍기며 온 집안을 덮었던 기억이 난다. 그 연기와 냄새는 저녁이면 찾아드는 모기를 퇴치하는 방법이었다.

　지금은 태우는 모기향에서 한층 고급화된 전자 모기향이 있어 간편하게 살고 있으니 얼마나 혜택 받은 삶인가?
　밤이 깊어 갈수록 마루 한구석에 있던 등잔불에 기름이 다 닳아 없어져 불이 꺼지면 밤하늘 달 속에 토끼가 있다더니 정말 있나, 달을 좇아가 보기도 하고, 별을 헤아리며 별자리를 찾아보면서 과학자의 꿈을 꾸기도 했었다.

　고향 집에는 1970년대 후반부터 전기 보급이 되어 등잔불과 촛불 밑에서 숙제하지 않아도 되었고 장님들의 불편함을 감히 모르지만, 아닌 말로 장님이 눈 뜬 것처럼 환했고 심 봉사 청이 목소리에 놀라 눈 뜬 기분을 상상하게 했다.

　요즈음 몹시 어릴 적 고향 집이 그립다.
　봄이면 동무들과 싱아 꺾어 먹으며 눈을 찡긋거렸고, 여름이면 과일 서리해 먹다 들켜 다음 날 아침이면 과일 밭 주인이 광에 가둔다고 으름장도 놓았었다.

가을밤이면 술래잡기에 밤새우는 줄 몰랐던 그때가 참 그립다. 추운 동지섣달이면 오빠가 만들어 준 썰매를 타다가 얼음이 깨져 물에 빠졌을 때 놀란 가슴에 허둥지둥 달려온 오빠 손에 이끌려 나오긴 했지만 새파랗게 질린 내 모습에 부모님의 불화살은 오빠에게 튀었고, 그 후 썰매 타는 것은 생각조차 할 수 없었다.

이제 추억의 장소는 모두 사라졌다. 옛 고향의 풍경은 찾아볼 수가 없는 그런 마을로 변했다. 젊은 사람들은 도회지로 나가 농사일 할 사람도 없으니, 공장을 지어 임대료로 생활하고 선산들은 깎아 서로 나눠 먹기 위해서 골프장이 들어와 번득이는 승용차들의 행렬이 즐비할 뿐, 초등학교 등굣길이었던 신작로 주변은 식당이 생겨서 먹거리 골목으로 변했다.

나이가 한 살 한 살 먹어가는 탓일까, 아니면 책임을 다했다는 안도감이 생겨서일까? 다른 엄마들처럼 남편이 벌어다 주는 돈으로 생활하지 않고 오롯이 내가 돈벌이해서 큰살림하며 아이들을 가르치며 살아온 세월에서 벗어난 해방감도 외로움을 달래주지는 못한다.

앞으로는 점점 그리움은 더 쌓여가고 외로움도 커질 텐데, 사

추억은 멀어져 간다

랑하는 나의 자식들에게 작은 걱정거리라도 안 만들어 주려면 열심히 체력 관리도 하고 나름 취미 생활도 많이 만들어 건강하게 현재를 즐기는 멋쟁이로 살면 아마도 고향의 그리움은 줄어들겠지.

늦게 시작한 골프 즐기면서 살자.

배드민턴을 치다가 코로나로 인해 할 수가 없어 혼자 할 수 있는 운동이 뭘까 한 것이 골프를 시작했는데 자신이 운동을 좋아하는 줄 이제야 알았고, 체력도 남들보다 더 강한 것을 알았다. 남들보다 두 배는 더 뛰어야 운동한 것 같다고 하니까 지인들도 깜짝 놀라 칭찬한다.

좋아하는 운동, 시, 글짓기 허락하는 날까지 열심히 하고 노후의 행복을 스스로 만들어가면서 여기도 사람 사는 곳이고 정붙이면 고향 된다니까 앞으로의 삶은 이곳에서 추억을 쌓아보자.

아버지가 그리운 날

후천적 소아마비라 할까? 아버지는 많이 불편한 몸으로 사셨던 기억이 난다.

6·25 때 공산군을 피해 한겨울에 강물로 숨어서 목숨을 부지한 뒤로 한쪽 다리가 아주 불편해서 일찍부터 힘든 일은 못 하셨다. 그래도 나무로 통 만드는 기술이 있어서 젊어서는 주문이 많이 들어와 집에서 만들었고, 엄마가 읍내에 내다 팔아 살림을 꾸렸다고 들었다.

그때만 해도 젊음도 있고 소아마비 증세가 심하지 않아 낮에는 살림에 필요한 통을 만들었고, 밤이면 지게 지고 산으로 가 나무 베어다가 좋은 재목은 손질해 통 만드는 재료로 쓰고 나머지는 집 짓는 재료로 쓰셨다고 했다.

어느 때부턴가 공업이 발달하면서 시장이나 상점에는 지금도 많이 쓰고 있는 붉은 고무 재질로 만들어진 통이 유통되어 아버지가 만들던 나무통은 뒤로 밀리게 되었다. 고무 재질로 된 가사용품에 이어 양은과 스테인리스로 만든 생활 잡화들이 줄지어 선을 보이면서 아버지의 유일한 돈벌이는 어려움을 겪었단다. 아버지가 만든 나무통은 쓰임새에 따라 종류가 다양했다. 부엌에서 쓴 설거지통부터 들에 새참을 담아 머리에 이고 내다 주던 그릇, 곡식 보관하고 동네 공동우물에서 물 길어오는 물지게통, 빨래 대야 등 종류가 많았다. 지금은 어디서도 찾아볼 수 없는 귀한 물건이다.

통을 만들기 위해 밤에는 산으로 나무를 베러 가셨는데, 산이 우거져 산 짐승들이 기승을 부려 정신 차리지 않으면 목숨이 위험해서 지게에는 늘 열십자로 낫을 걸어 매고 다니셨다고 했다. 낫을 사용한 이유는 산짐승들이 머리 위로 이리 뛰고 저리 뛰며 공격을 해오니까 살아남기 위한 방법이었단다. 첩첩산중이라 승냥이들이 많아 밤이면 집 앞 야산까지 먹거리를 찾아 내려와 혹시라도 화장실에라도 가려면 촛불 켜고 식구들을 앞세워 볼일 본 기억이 생생하게 떠오른다. 지금 엄마가 살고 계시는 집도 옛날에는 이엉 엮어 올린 아담한 초가집이었는데 아버지가 손수 한 칸 한 칸 늘려 살다가 새마을 사업이 활성화되어 슬레이트 지붕에서 기와지붕으로 변했고 앞마당이 없어지고 입식 양옥집을 흉내를 내 불편함이 없다.

고향집에 가는 날이면 마당에 들어서는 순간 아버지가 앉아계시던 툇마루가 눈에 들어온다. 그 자리는 지금까지 없어지지 않고 있는데 지금은 엄마가 간이 의자 하나 놓고 쉬는 자리이다. 엄마도 백수를 바라보고 계시는 나이라 암만 정신이 또렷하고 건강하게 기력은 조금 딸려 지팡이를 짚고 다니시는데 경로당 가실 때는 정부에서 지원해 주는 노인 보행 보조기(할머니 유모차)를 의존해 가셨다가 돌아와서는 꼭 아버지처럼 그 자리에 앉아 쉬어서 집 안으로 들어가시는 모습을 보면 아버지의 모습과 흡사해 일찍 하늘나라에 가신 아버지가 아주 그리워 아버지의 추억 좇아 떠난다.

시골에는 예나 지금이나 오일장이 열려 어릴 적 오일장에 가시던 아버지가 아주 많이 그리워진다.

금촌 장날, 광탄 장날, 법원리 장날!

장날이면 아버지는 변함없이 한껏 채비하시고 대문 밖을 나서셨다. 연회색 한복에 두루마기와 중절모, 반들반들 길이든 지팡이가 아침 햇살에 유난히 반짝였던 기억이 난다.

아버지는 서쪽 하늘 재 너머로 붉은빛이 꼬리를 길게 드리운 채 뉘엿뉘엿 넘어갈 무렵이 되면 턱에 다다른 숨 가쁜 기침 소리로 가장의 귀가를 알리셨다.

바퀴가 셋 달린 버스에서 내려 멈추지 않는 기침으로 눈물, 콧물로 뒤범벅이 된 두루마기 소맷자락을 추스르며 바깥마당 툇마루에 걸터앉으시곤 했다.

아버지가 돌아오시면 막둥이인 나는 아버지 옆에 가서 재롱을 떨었다. 늘 밴댕이 한 두름, 자반고등어 한 손을 잊지 않으셨고,

두루마기 주머니엔 아기 주먹만 한 눈깔사탕 몇 개가 있었으니까…. 아버지는 피곤함에 지친 듯 일어서선 엉덩이를 툭툭 몇 번 털어 재끼곤 대문 안에 한발 들이면서 하는 첫마디!

"여 봐여~~ 여 봐여~~ 화롯불 담았소~~ 예 있소~"

바싹 구워 저녁 먹게 하라고 퉁명스럽게 한마디 툭 던지고 방으로 들어가셨는데 또 기침이 시작되었다. 식구들은 아버지의 기침 소리 멈추어지기만을 기다리고, 마루 귀퉁이에 놓여 있는 화롯불 석쇠에선 고등어자반이 맛깔스럽게 익고 있었던 기억에 군침이 돈다.

아버지는 돌아가시는 날까지 기침으로 고생하시다가 환갑도 못 사시고 59세의 젊은 나이에 하늘나라로 가셨다.

지금 나도 가끔 오일장 구경을 하는데 어물 가게에 가면 아버지가 아주 많이 생각난다. 자식들을 사랑한 아버지의 마음에 이제야 고맙다고 인사를 해 본다.

"아버지 고맙습니다."

어느새 어둠이 깔려 밤하늘엔 별들의 속삭임이 시작되고, 꿈나라로 향해야 할 시간, 오늘 밤엔 아버지 무릎에 앉아 옛날이야기 듣는 꿈꾸기를 바람하며 그리움에 시 한수 읊어본다.

밭어버이 그리운 날 / 염경희

얄망스러운 여름날 아침이다
밤새도록 우레를 앞세워
달구비가 내리더니 사들사들 해진다

서먹한 마음이 들었을까
햇살이 잠깐 얼굴을 내밀었다
사리사리한 안개 틈새 비집고
밭어버이 환하게 웃고 계신다

한때
밭어버이 한창일 때는
비 오는 날이면 무릎 베고
흥얼거리는 소리에 스르르 잠이 들었다

먼발치로 보이는
구부정한 어르신을 보니
된길 걸어온 서러움이 북받쳐
밭어버이가 아주 그리운 날이다.

제목 : 밭어버이 그리운 날
시낭송 : 김락호
스마트폰으로 QR 코드를 스캔하면
시낭송을 감상할 수 있습니다

아버지가 그리운 날

한때
밭어버이 한창일 때는
비 오는 날이면 무릎 베고
흥얼거리는 소리에 스르르 잠이 들었다

내 사랑 봄이

동네 한 바퀴를 돌다 보면 강아지와 산책하는 모습을 쉽게 볼 수 있다. 나이가 지긋한 어르신도 벤치에 앉아 강아지 노는 모습을 보며 강아지하고 뭐라 뭐라 이야기를 나누며 사랑스러운 눈으로 바라본다. 청년도 아가씨도 곱게 옷을 입혀 사랑으로 돌보며 운동시킨다. 어떤 사람은 안전을 위해 입 가리개를 하지만 또 어떤 이는 목줄도 안 하고 다니는 사람도 있다.

강아지가 변을 보면 변 봉투에 담아 가면 좋으련만 그냥 가버리는 사람도 있는 반면에 양심과 상식이 배어 있는 사람은 애완견 용품 가방을 메고 뒤처리를 깔끔하게 해주면서 다닌다. 공공장소이니만큼 상식을 벗어나지 말고 안전한 애견 문화를 지켜주면 인상 찌푸리는 일이 없을 텐데~~

나도 몇 년 전까지 애완견을 돌보며 살았었다.

모든 식구가 안에서 강아지를 키우는 것을 용납하지 않았다. 강아지는 밖에서 길러야지. 집안에서 누가 키우냐고? 야단들이었지만 눈도 안 뜬 강아지를 어떻게 해야 할지 난감했다.

　큰아이가 첫 직장 다닐 때 일이다.
　직장 상사가 무조건 한 마리씩 분양해 주었다며 무릎 담요에 싸서 데리고 왔는데 큰일이었다. 시어른의 날카로운 시선과 애들 아버지 반대로 난감했다. 나 역시 강아지가 안 되긴 했지만, 중간에서 어떤 처신을 해야 할지 알 수 없었다.

　큰애가 출근하고 나면 작은애가 몰래 방에서 데리고 있었는데 젖도 안 떨어졌으니 어미 품을 찾아 울어댔고 우유에 사료를 불려 먹이면서 돌보았다.
　그때는 작은애가 대학 졸업하고 취업 준비하느라 집에 있었기에 어린 강아지를 돌볼 수 있었다. 자라면서 오줌똥을 아무 데나 싸서 밖으로 쫓겨내기도 하고 혼쭐도 많이 났는데 지금 생각하면 너무 가슴이 아프다. 자라가면서 어찌나 눈치가 빠르고 재롱이 많고 영리하든지 금방 대소변을 가리면서 화장실을 다녔다.

　우리 집에 와서 14년을 함께 살았다. 이런저런 역경이 있어 헤어질 위기도 많이 있었지만 3년 전까지 데리고 있었다.
　퇴근하면 제일 먼저 반겨주고 발걸음 소리, 차 소리를 알아들어 현관문만 열면 뱅글뱅글 돌면서 재롱을 부려 하루 피로를 확 풀어주는 유일한 친구였다.

새벽에 출근할 때도 식구들은 쿨쿨 잠만 자도 현관에서 혼자 배웅해 주었던 이쁜 녀석!

둘이 살게 되면서 혼자 보내게 하는 시간이 많아지고 봄(반려견 이름)이도 낮에 혼자 있을 때는 잠만 자고 밥도 안 먹고 있다가 퇴근해서 들어가야 그때 마음 놓고 밥을 먹었다.

화장실 문이 닫혀 있으면 끙끙거리며 문을 긁어댔고, 방문이 닫혀 나갈 수가 없을 때는 옆에 와 잠을 깨웠다.

어찌나 예쁜 짓만 하던지, 우울하고 속이 상해 눈물을 흘릴 때면 옆에 와서 눈치만 보면서 눈물이 그렁대는 눈으로 바라보다가 말을 걸면 그때야 뛰어오르며 눈물을 닦아주기도 하고 위로라도 해주듯 갖은 재롱을 떨었다.

출근을 안 할 수도 없고 매일 같이 혼자 두는 게 마음이 아팠다. 그때는 또 서울로 대학교에 다녔던 시기라 늦은 차편 때문에 친구 집에서 잘 때가 종종 있었다. 늦깎이로 학교생활을 하면서 4년 동안 과대표를 맡아 봉사했던지라 동기들만 놔두고 일찍 빠져나올 수도 없었다.

3년 전 어느 여름날 오전 근무 마치고 부랴부랴 집에 가서 옷 갈아입고 혹시 몰라서 봄이 밥하고 물을 넉넉하게 준비해 놓고 국회의사당에서 열린 "한국 고령 친화 산업 포럼"에 참석해야 했다. <고령사회 남·북한 복지 협력 활성화방안>에 대한 특강이었다.

내 사랑 봄이

늦은 강의와 동기들과의 뒤풀이가 있어 그날도 집에 올 시간이 넘어 친구 집에서 잤는데 아침 먹고 내려가라는 친구 말을 뒤로하고 서둘러 왔다. 왠지 불안한 마음이 들어서였는데 집에 와보니 안 보였다 불러도 대답이 없었다. 가슴이 철러덩 내려앉아 어떻게 해야 하는지 순간 당황스러웠다.

급하게 서둘러 가면서 엘리베이터에 따라 나온 걸 몰라 계단으로 나가서 잃어버린 건가? 관리실에 가서 CCTV라도 봐야 하나? 다시 불러보았더니 어디서 기척이 들려왔다. 옷 갈아입고 옷방 문을 제대로 안 닫아 입으로 밀고 들어갔다가는 당겨 열을 수가 없으니 갇혔다.

더운 날에 밤새도록 갇혀 물도 못 먹고 밥도 못 먹고 볼일도 못 본 걸 생각하니 눈물이 쏟아졌다. "봄아 미안해, 미안해." 더위 먹어 혀는 축 늘어졌고 "이런 게 학대지 뭐가 학대야!" 제대로 돌보지도 못하면서 무작정 데리고 있는 것은 무책임한 짓이었다.

이러다가 큰일 나겠다 싶어 봄을 보내기로 마음먹고 지인한테 전화했다. 그 집은 주택이라 마당도 있고 애완견 호텔처럼 집도 몇 군데 지어놓은 걸 본 적이 있어서 부탁했다. 우리 봄이 안에서 자란 애지만 밖에서라도 살 수 있게 해 달라고 사정 이야기를 했더니 누구 부탁인데 안 들어 주냐고 하면서 데리고 오라고 했다.

서둘러 봄이 물건을 챙겨서 보낼 때 너무 미안하고 아파서 끌어안고 얼마나 울었던지, 말은 못 해도 봄도 애원하는 눈물을 흘리며 빤히 쳐다보는데 눈을 마주칠 수가 없었다. 보내 놓고 미안하고 미안해서 자꾸 눈물이 났다. 봄이 생각만 하면 가슴이 미어지지만 잘 살고 있을 거란 믿음으로 몇 자 적어 본다.

봄아! 평생 끝까지 지켜주겠다고 약속했는데~ 눈만 봐도 서로 맘을 읽고 서로를 위로하며 모진 세월 견뎠는데 핑계 아닌 핑계로 너와의 이별을 택했다.

너만 생각하면 가슴이 답답하고 보고 싶은데 어디 있는 줄 알지만 분명 나를 기억하고 알아볼 텐데 너에게 또 상처를 줄 수 없기에 참고 있단다. 말은 못 해도 엄마에게 할 말이 많겠지. 인간이라면 떼를 쓰고 울 텐데~

봄아! 안전한 곳으로 가서 살고 있으니 참 다행이야. 공기 좋고 마당 넓은 집, 친구들이 있는 곳에서 기죽지 말고 맘껏 뛰어놀렴. 새엄마도 사랑이 많으니까 봄이 많이 사랑해 줄 거야. 우리 봄이 사랑한다. 아프지 마. 환경이 조금 바뀌었으니까 건강하게 지내. "봄아 사랑해."

전화로 건강하다는 말 들을 수 있으니 다행이다. 밖에서라도 살기를 바랐는데 새엄마의 사랑으로 따뜻한 방에서 지낸다니 너무 다행이다. 밥과 간식은 사 보내지만 이제 얼마나 살겠는가? 나이가 있으니 사는 날까지 큰 병 안 걸리길 바랄 뿐이다.

내 사랑 봄이

인연 맺어 14년을 같이 살았으며 이별한 지 3년이 지나가니 17년을 살고 있다. 며칠 전 꿈에서 보였는데 별일은 없겠지, 이제 시간도 많이 흘렀으니 언제 한번 봄이 보러 가야겠다.

　벼르고 벼르다가 한 번 가보지 못한 채 봄을 영영 떠나보냈다. 작년 여름 어느 날 꿈에 집에 와 내 무릎 위에 앉아 내 얼굴을 물끄러미 올려다보았다. 꿈이었지만 반갑고 기뻐서 쓰다듬으며 아프지 말라고 신신당부했는데 눈물을 흘리고 있었다. 한참을 둘이 이야기하다가 깨 보니 꿈이었다.

　꿈이지만 심상치 않은 생각이 들어 전화해서 이런저런 얘기하는 척하다가 "우리 봄이 갔지? 했더니 왜요 조리장님?" 되묻기에 아니 엊그제 꿈에 왔다고 했다. 그게 언제냐고 묻기에 언제 언제쯤이라고 했더니 가면서 잘 간다고 인사 갔었군요 하는 소리에 눈물이 왈칵 쏟아졌지만, 차근차근 물어보니까 요즘엔 밖에서 다른 친구들과 자고 있어서 아침 출근 전에 밥을 주러 가니까 하늘나라로 가서 장례 잘 치러 주었으니까 걱정하지 말라고 했다.

　이제 아주 갔다. 몇 년 동안 얼굴 한 번 보러 가지 못하고 보냈으니 얼마나 기다리다가 지쳤으면 꿈에 왔을까 하는 생각에 억장이 무너졌다. 안 간 이유는 말 못 하는 애에게 또 상처를 줄까봐 가보지 못했다. 나이가 들어 노환으로 갔지만 아주 아팠다. 하늘나라에서 아프지 말고 외롭지 않게 잘 있었으면 좋겠다.

참 좋은 사람

어느 날, 누구에겐가 쫓기는 악몽 때문에 밤을 설치는 일이 반복되고 참기 어려울 만큼 세상을 원망하며 등지고 싶었을 때 마음이 통하는 친구를 만났다. 누군가에게 의지하고 도움을 받고 싶었던 마음 간절했는데, 고민을 털어놓고 소소한 일까지 의논하면서 마음으로 기대며 그렇게 시간 가기만 고대했다.

한동안 시간이 흐르면서 불안감은 점점 사라졌고 생활에 활기가 생겨났다. 용기를 준 친구가 정말 감사하고 외롭지 않아 행복했다.

만남이 있으면 이별이 있는 것은 당연하지만 시간이 흐를수록 하루하루가 소중하기만 했다. 마음대로 한곳에 머물 수 없는 것이 우리네 삶이다. 어느 일정 기간이 지나면 인사 발령이 있어 새로운 곳으로 옮겨가야 한다. 같은 직장에 근무하다 보면 동료애가 특별하게 느껴지는 사람들이 있다. 서로 배려하고 존중하

참 좋은 사람

는 관계를 떠나 마주 앉아 술 한 잔씩 곁들이며 인생담을 논하고, 운동도 같이 하면서 정을 쌓는 사람이 있는가 하면 정반대로 인사만 겨우 하며 지내는 경우도 많다. 그런 사람들은 나중에 살펴보면 성격이 많이 모가 나거나 은둔형 외톨이들이다. 내 성격이 활발해서인지 아니면 먼저 손을 내밀며 나눔을 하는 편이어서인지 주위에는 사람들이 많다. 상사, 부하직원을 떠나 소통하며 지내는 사람들이 많은 편이다.

친구처럼 지내던 동료가 발령받아 떠나게 되었다. 일정 기간이 지나면 떠나리라 생각은 했지만, 막상 떠난다고 하니까 왜 그렇게 서운하고 허전하든지 전역을 앞둔 병사가 달력의 숫자를 하나씩 지워가는 마음으로 시간을 보냈다. 군인들은 하루하루가 지겨웠겠지만, 이별을 앞둔 내 마음은 공허함으로 가득했다.

정해진 시간을 바꿀 수가 없으니 편하게 이별을 준비하며 조금 빨라지긴 했지만, 물이 흐르듯 흘러가는 게 인생인데 담담한 척했다. 그래야 훗날, 어디서든 편하게 만날 수 있을 것이라고 생각했다. 한동안은 공허하고 쓸쓸하고 허전하겠지만 더 큰 이별도 이겨 냈는데~~

짧은 시간에 긴긴 시간을 함께해 온 것처럼 정말 다정한 친구, 참 좋은 사람 덕분에 행복하게 보낸 시간이 감사하다.

지금도 안부를 물어주는 사람들이 많다. 비가 오는 날이면 막걸리 한잔하자던 부장님, 체육관에서 배드민턴 같이 치던 과장님과 주무관님들 또 내가 만들어준 누룽지가 생각난다는 총각 신세 벗어나지 못한 동생들이 안부를 물어오면 정말 아주 고맙다. 명절 때나 연말이 되면 꼭 전화해주는 참 좋은 사람들이 있어서 훈훈한 연말을 보내고 있다. 몸은 떨어져 있어도 늘 생각나는 사람들이다.

그 친구가 떠난 지 벌써 5년이란 시간이 흘러간다. 친구는 이제 사회인이지만 변함없이 소통하고 있어서 서로 안부 물으며 잘 지내고 있다. 어디서든 건강해서 고맙고 맡은 바 일에 충실하다니 다행이다.

지금 생각해 보면 어려운 삶을 헤쳐 나오면서 잘 못 살아온 것이 아니라는 생각을 하게 되는 것은 나를 외면 안 하고 두루두루 주위에 좋은 사람들이 많이 있어 흔히 말하는 인복이 많다고 믿고 싶다.

좋은 사람들이 많다는 것에 감사하고, 남은 삶도 좋은 인연으로 나누고 베풀며 정 깊게 살고 싶다. 얼마 남지 않은 직장 생활이지만, 남은 시간은 외롭고 어려울 때 친구에게 도움을 받았으니 같은 처지에 있는 누군가가 나의 위로가 필요하다면 친구가 되어 주며 그 사람에게 빛이 되어 나 또한 타인에게 "참 좋은 사람"이 되었으면 좋겠다. 사회에 나와서도 불우한 이웃과 독거인, 소외계층을 돌보며 힘을 보태 주고 삶의 질을 높여주는 사람으로 살다가 한 줌의 흙으로 돌아가더라도 "그 사람 참 좋은 사람이었다." 라고 기억되고 싶은 작은 소망을 품어 본다.

참 좋은 사람

제4부 여자의 일생

계모에 떠밀려 시집가다

노란 개나리꽃이 피면 엄마가 해주신 이야기가 떠올라 꽃향기에 취하기보다는 엄마가 살아오신 삶이 뼈저리게 아픕니다. 외할아버지는 그 시절에 관공서를 다니셨기에 살림이 궁색하지는 않았다고 했습니다. 외할머니를 얼마나 위하셨는지 출근 전에 불 때서 아침에 쓸 물 데워 놓고 요강 비우는 일에 걸레까지 빨아 놓은 후에 출근길에 나설 정도로 지극정성이었는데 서른 살을 채 넘기자, 세상을 뜨셨다고 했습니다.

엄마 말씀에 의하면 너무 아껴서 일찍 돌아가신 것 같다고 혀를 끌끌 차시면서 지난날을 되새김하셨습니다. 그 후 4남매를 혼자 키우다가 어느 날 여우같이 생긴 아낙과 남자아이 하나가 외할아버지 뒤를 쫓아 들어왔다고 했습니다. 그 사람이 바로 계모였는데 그렇게 가정만 돌보던 할아버지도 남자기에 어쩔 수 없이 여우에 홀린 듯 갑자기 돌변했다고 합니다.

거짓말로 포장된 계모 말만 믿고 자식들이라면 끔찍이 생각했던 모습은 없고, 밥상머리에서도 데리고 들어온 남자아이만 챙기는 게 어린 엄마 눈에도 보였답니다.

외할아버지 출근하면 데리고 온 자식은 화롯불에 뚝배기로 쌀밥 지어 먹이고, 전실 자식들은 꽁보리밥에 물 말아 먹게 했다고 하면서 콩쥐팥쥐나 다를 게 없었다면서 눈이 붉어지는 걸 애써 참는 모습에 내 눈에도 어느새 눈물이 고였습니다. 눈물을 보이면 엄마도 참고 있던 눈물을 흘리실까 봐 억지로 태연한 척 말꼬리를 돌려 더 이상 아픈 기억을 멈추게 했습니다.

명색이 공무원 집안에 한양 아기씨였는데 한순간에 계모에게 설움 당하는 신세가 되어 14살에 등 떠밀려 첩첩산중 시골 마을 빈곤한 집에 시집왔다고 했습니다. 갈 데가 있다고 해서 따라나선 것이 시집온 꼴이었다면서 계모에 대한 원망을 줄줄이 털어내셨습니다.

와보니 싸리문 안으로 보이는 초가집에 방 두 칸, 식구는 할머니와 아버지 두 식구가 살고 있었답니다. 아무것도 할 줄 몰라 할머니가 조석은 다 하시고 겨우 설거지하고 빨래하고 걸레질 정도만 하면서 시집살이가 시작된 것이라고 했습니다.

그렇게 생활하면서 서울 집에서 사는 동생들과 멀어지고 엄마는 낯선 곳에서 몰래몰래 울기만 했답니다. 가끔 오고 가는 버스만 바라보면서 할머니가 들에 나가시고 아버지도 나가시면 엄마는 개나리꽃이 만발한 울타리 안에 숨어서 돌을 가지고 놀았다고 하셨습니다. 마당 한가운데 네모 칸을 그려 놓고 돌 하나 던져 놓고 깽깽 발로 뛰어다녔다고 합니다. 가끔 지게를 지고 오가는 동네 아저씨들이 어린 여인네의 놀이에 빙그레 웃으며 지나가기도 했고, 그럴 때면 얼굴이 달아올라 홍당무가 되어 개나리 울타리 밑으로 숨었다고 합니다.

얼마나 친구들과 동생들과 뛰어놀고 싶었을까? 친구 하나 없고 어린 나이에 계모에 떠밀려 산골에서 귀양살이 아닌 귀양살이를 한 셈이지요.

수줍고 부끄러워서 싸리문 밖에도 마음대로 못 나가 보고 동네 사람들 들에 나갔을 때 조용해지면 살그머니 싸리문 빗장 열고 멀리 보이는 한양 가는 버스만 바라보다가 마음만 실려 보내고 이내 싸리문 열고 집에 들어와 고향의 그리움을 달래려고 오가는 사람들 눈길을 피해 사방치기(돌 가지고 노는 놀이)를 개나리꽃에 가려진 굴뚝으로 옮겨 서녘 해가 질 때까지 했답니다. 14살에 시집온 엄마의 시름 달래기였던 사방치기는 나도 어릴 때 많이 했던 놀이입니다.

그 여인이 백발이 되어 구순을 훌쩍 넘겨 백수에 가깝습니다. 아침이면 낡은 염낭 주머니를 쫙 벌려 10원짜리 동전을 세고 계십니다. 이제는 돌을 가지고 놀던 기억은 잊어버리시고 경로당에 가실 준비를 하십니다. 아직은 정신이 또랑또랑하셔서 최고 맏언니인데 계산도 일등으로 잘하신답니다. 화투를 치는 속도도 빠르고 남에게 피해 주는 일은 안 하시고 사리 판단이 명확한 할머니라고 이장님이 칭찬하시니까 기분은 좋았습니다.

　아픔을 감내하고 건강하게 견뎌 오신 울 엄마!
　앞으로 사시는 날까지 지금처럼 건강하게 지내셨으면 하고 두 손을 모읍니다. 요즘 우리나라 복지가 잘 되어 있어 경로당에 필요한 지원도 많고 이장님과 부녀회장님의 봉사가 남달라 동네 어르신들이 불편 없이 놀이하면서 지내신다고 하시니 정말 감사할 따름입니다.

　며칠 후면 어버이날이 다가옵니다.
　좋아하시는 음식 정성껏 장만하여 친정 동네 울 엄마가 다니시는 경로당을 방문하여 같이 지내시는 어르신께 조촐한 파티를 열어 드려야겠습니다.

베이비부머들의 애환

　내 옆에도 당신 옆에도 일이 계획한 것처럼 잘 안되어서 아주 힘들어 삶을 원망으로 보내는 사람들이 부지기수 많습니다.

　세상사가 순조롭게 잘 풀린다면 아픔도 슬픔도 없는 아주 편한 삶이겠지만, 게으름으로 찌든 삶을 사는 사람이 많을 것입니다. 다 그렇게 볼 수는 없지만, 지금 주위를 보면 힘든 일은 안 하려 하고 입에 맞는 떡 없다고 불평불만이 많은 사람을 많이 봅니다.

　베이비부머 세대를 거친 사람들은 위로는 부모 부양해야 하고 아래로는 자식 부양하며 살아오면서 정작 자기 자신의 노후는 챙기지 못하고 샌드위치 안에 부속물처럼 살아온 시간을 원망은커녕 지금도 일을 찾아 나서면서 누구도 실낱같은 희망을 잡아보려 애씁니다.

저 또한 그 시대를 거친 사람 중 하나입니다.

베이비부머 세대를 살아온 사람들은 지금 현실이 힘들어도 누구 탓도 안 하고 그저 "그때는 다 그랬지. 뭐" 하면서 당연지사 해야 할 일 하면서 살았다고 긍정적으로 현재를 받아들이고 싶니다.

주위에 보면 또래의 친구들이 많이 힘들어합니다. 들어보면 아주 작은 사소한 일도 못 이겨 절망하고 포기하는 걸 보면 안타깝기만 합니다. 그 친구들에게 도움을 주고 싶었습니다. 대학에서 건강가정사 자격증을 취득한 것을 바탕으로 부족한 실력이지만 상담을 해주면서 작으나마 용기를 주면 얼굴이 밝아지고 의욕을 찾아가는 것 같아 뿌듯함을 느낄 때가 많습니다.

별다른 것은 아니고 긍정적으로 생각을 하는 법을 전달하기 위해 긍정의 말로 따뜻한 메시지를 줍니다. 힘들어하는 친구들에게 "넌 일이 잘되고 안 되고를 떠나서 내 눈에는 이미 훌륭해, 최고의 조건을 갖추고 있잖아. 건강."

아주 힘들었을 텐데 힘든 환경 이겨내고 좌절하지 않고 끝까지 해보려고 노력했던 그 모습이 "결과와 상관없이 훌륭해 잘하고 있으니까 힘내."

칭찬과 인정의 말 한마디로 상대방이 용기를 져버리지 않고 힘을 얻을 수 있게 되새김해 줍니다.

또, 중년인데도 슬럼프에 빠진 사람들이 많이 있습니다.

몸은 아파져 오고 돈 벌어 자식들한테 다 투자하고 보니 자식들은 제 살기 바빠 부모는 안중에 없는 모습에서 회의조차 마음대로 느껴보지 못하는 처지를 되돌아보며 먼 산에 하소연할 때가 많습니다. 저 역시 지금 많이 힘들지만, 타고난 건강이 있기에 남에게 위로와 응원에 메시지를 전달하면서 내 마음이 더 위로받음을 경험합니다.

어쩌다가 같은 처지에 있는 친구와 속을 털어놓으면서 말합니다.
"우린 괜찮아 자식들이 다 잘 되어 잘살고 있으면 그게 큰 복이야."
"시집 장가가서 사느냐 못 사느냐 안 하고 혹 안 데리고 오는 것이 어디야!"
이런 말을 하면서 살 수 있으니 우리는 이제 우리의 삶을 살자며 넋두리하지만, 속은 걱정이 왜 없겠는지요?

별것 아닌 긍정의 말 한마디, 진심 어린 칭찬 한마디가 누군가에게 큰 힘이 된다면 그것처럼 행복한 일은 없을 겁니다. 우연히 누군가에게서 귓전으로 들어 본 평생 잊지 못할 한마디는 지금도 꿋꿋이 버티게 하는 명언입니다.

"오늘 내가 헛되이 보낸 하루가 어제 죽은 이가 그토록 살고 싶어 했던 내일이다."
아무 생각 없이 오늘을 무심코 보내고 보니 내일을 준비 못 해

베이비부머들의 애환

내일이 되면 내일 역시도 후회할 일이 생길까 봐 오늘을 더 열심히 살아갑니다.

잠자리에 들기 전에 몇초 만이라도 내일 해야 할 일을 점검하고, 계획하는 습관을 들입니다. 준비한 자에겐 희망이 있고 행복이 있을 거란 믿음을 갖고 긍정적인 생각으로 살아야 황혼 역으로 환승하는 길이 평탄하지 싶습니다.

"준비하는 자에겐 희망이 움튼다."

맞습니다. 아무런 계획 없이 그날그날만 살면 된다고 생각하면 발전은 없습니다. 이루어지지 않더라도 희망을 안고 준비하고 실천하면 분명히 작은 열매라도 맺게 됩니다.

베이비부머 시대를 살아와 자신을 위해 준비된 것이 없어도 100세 시대에 살고 있으니, 오늘이 최고 젊은 날이라 생각하며 건강 해치지 말고 움직일 수 있을 때까지 웃으며 살아야겠습니다. 그만큼 희생하며 살아왔으니까, 지금부터는 자신을 사랑하는 삶으로 남은 삶을 즐겨야겠습니다.

자식들은 모릅니다. 부모들이 얼마만큼 힘들고 고달프게 살았는지, 당연히 부모니까 자식을 위해 책임을 한 것으로 생각합니다.

이제 밥그릇 챙겨서 나름 잘살고 있으니까, 우리가 할 일은 병들어서 눈치 받는 일 없도록 건강관리 잘해야 합니다. 병들면 가는 곳이 요양원입니다. 소위 말하는 현대판 고려장이지요.

힘든 시절에 샌드위치 인생 살았는데 늙어서 답답한 곳에 간혀 살면 얼마나 억울할까요?

　두 다리 멀쩡하고 몸 성할 때 잘 지켜서 황혼에 설움 받지 않
도록 해야겠습니다.

베이비부머들의 애환

대물림

지난날을 돌아보면 눈물부터 흐른다.

잊겠노라고 잊었노라고 가슴을 억누르고 달래며 애써 행복했던 것처럼, 선물 포장하듯 꽁꽁 동여매 놓았던 삶이 용트림한다.

내 육신의 고통보다 숯검정 된 마음보다 걱정이 된 것은 내가 겪는 일들이 딸에게 대물림될까 봐 늘 조바심이 났다. 가난한 부모 밑에서 자라 결혼 생활도 풍족하지 않아 살면서 팔자타령만 수없이 했다. 내 팔자 닮아 아이들도 힘겹게 살면 어쩌나? 가슴 속엔 늘 걱정 한아름 안고 살았다. 딸은 엄마 팔자 닮는다는 말이 살아오는 동안 머리에서 떠나지 않았다.

어머니께서 힘들게 사셨고 자신 역시 평탄한 삶을 살아온 게 아니라서 늘 엄마 팔자 닮아서 힘든 거라고 입버릇처럼 했던 것이 아주 많이 죄송했지만, 사람인지라 내 고통 앞에선 주위 환경

탓하게 되고 옆 사람 탓하는 것이 당연지사인 줄 알았다.

지난 오월 어버이날을 떠 올려 보니 참 행복했다.
나한테도 좋은 날이 왔다는 게 고마웠고, 아팠던 지난날이 다 씻기기야 하겠냐마는 분명한 것은 걱정했던 대물림은 없을 거라는 확신이 섰다.

어버이날과 생일이 겹치는 휴일, 작은 딸아이가 밥 한 끼 해준 다며 초대해 갔다. 엄마 집으로 가면 엄마가 또 음식하고 움직일 거니까 넘어오라고 해서 가보니 밖에서 맛있는 음식 사 먹어도 되는데 저녁상을 아주 잘 차려 놓았다. 가르쳐 준 적 없는데 어깨 너머로 배운 것인지 미역국도 잘 끓였고 잡채, 불고기, 나물, 샐러드 등등 깔끔하게 상다리가 부러지도록 차려 놓았다.

더 기특한 일이 있다. 선물을 받고는 눈물이 났고, "나에게도 이런 좋은 날이 왔구나!" 이제는 아무런 걱정 하지 않고 살아도 된다는 안도감이 생겼다. 두 손녀딸이 소곤소곤 귓속말하며 방으로 들어가더니 큰 손녀딸은 꽃다발, 작은 손녀딸은 종이꽃 편지를 접어서 주었다.

"어머나! 할머니한테 편지 쓴 거야, 고마워."
하고 받았더니 종이 지갑을 만들어 만 원짜리 지폐 한 장 넣어 용돈이라며 건네왔다.
"어머 세상에나, 이게 웬일이야."

대물림

"어떻게 이런 생각을 했어, 이거 할머니 주는 거야!" 했더니

"네 할머니 용돈이에요." 입학하면서 일주일에 한 번 받는 용돈을 처음 써보는 날이란다.

그동안 수입만 있고 지출이 없던 용돈 기입장에 지출이 기재된 날이다. 큰 손녀딸은 2년 만에 꽃다발 15,000원, 작은 손녀딸은 5개월 만에 할머니 용돈 10,000원이라고 적혔다.

이런 귀한 선물이 또 있을까 너무 기특해서 눈물이 났다.

엄마 아빠도 모르게 둘이 함께 준비했다는 말을 듣고 훌쩍 커버린 아이들이 대견했다. 자식은 늘 걱정거리라 했지만, 요즘 맞벌이 안 하고 외벌이 살림에 단란하고 행복하게 사는 모습에 감사했다. 나름 힘든 일도 많을 텐데 아이들을 정서적으로 돌보는 모습 보며 지난날 나는 어떻게 했나? 돌아보는 계기가 되었다.

그때는 그랬다. 학교 보내고 학용품 사주고 준비물 챙겨주면 잘하는 것이었지. 놀이동산 한 번 제대로 같이 가보지 못하면서 지나온 세월이 아주 미안하다. 그래도 딸들이라 그랬는지 엄마에게 불평 한 번 않고 잘 자라 주어 감사하고, 내 팔자 닮아 고달프게 살면 어쩌나 걱정했는데 열심히 사는 모습에 한걱정 내려놓는 심정으로 그동안 가슴앓이는 봄 눈 녹듯 사르르 풀어졌다.

부처님을 믿기에 절에 가면 기도는 늘 한가지였다.

"엄마 팔자 닮지 않게 해 주시고 어릴 적 아픔은 잊고 행복한

가정 만들어 웃으면서 살게 해 주세요. 부처님! 아픔과 고생은 나 하나로 멈추어 주세요.”

고향을 떠나 이곳에 와서는 작은 사찰에 주일마다 봉사했다. 일요 법회에 나가 법당에 가서 기도는 하지 않는다. 일찍 법당에 올라가 부처님께 인사드리고 내려와 공양간에 들어가 점심 식사 준비를 하면서 마음속으로 기도했다.

이곳은 나이가 들어 몸이 불편하신 분들이 대부분인데 기도하시는 마음은 한결같이 자식을 위한 기도였다. 자신 역시 자식을 위한 기도를 하고 있으니까 당연하다고 생각했지만, 과연 자식은 부모를 위해 기도를 얼마만큼 하고 있는가에 대해 생각하면서 늘 부모님께 죄스러운 마음이 있다.

옛 말씀에 자식 사랑하는 맘 반만이라도 부모 생각하면 효자 중의 효자라고 했던가?
암만 내리사랑이란 말도 있지만, 소중한 부모님도 자주 찾아 뵈어야겠다는 생각도 아울러 해 본다.

어르신들께서는 준비해 놓은 식사를 하시면서 늘 손을 잡아주시며 하시는 말씀은 한결같다.
“어찌 이리 달콤하게 밥을 했어, 참 맛깔나네. 직장에서도 하는 밥 하는 일 지겹지도 않아?”
그럴 때마다 “아닙니다. 맛있게 드시고 아프지 마세요. 그리고 건강하게 오래 사세요.”라고 말씀드리면 “아기 엄마는 복받

대물림

을 거요. 자식들도 잘될 거고.” 그 말이 나에겐 큰 위안이 되고 힘이 되었다.

　가진 게 많지 않아 몸으로 봉사하는 일을 많이 한다.
　배고픈 사람에게 배고픔을 달래주고 목마른 사람에게 물 한 모금 주는 일이 최고의 덕이라 생각한다. 어디서든 내 손이 필요하면 앞서서 봉사하고 하나를 얻으면 둘을 베푼다는 마음으로 힘이 닿는 한 열심히 베풀며 살 것이다.

　지난 세월 되돌아보면 모든 것이 넉넉하지 않아도 부족하면 부족한 대로 마음과 정성을 담아 어쨌든 풍성하게 나눌 수 있었다. 움켜쥐지 않고 나누면서 살다 보니 손은 점점 커져서 뭐든 많이 해서 배불리 먹고 남으면 골고루 나누어 손에 들려 보내다 보니 “손 큰 엄마”란 소리도 많이 들었다. 나누는 행복이 얼마나 큰지를 느끼면서 또 한 가지 배우는 과정이 되었다.

눈먼 아들 만난 날

　백수를 바라보는 노모는 지금까지 몸이 아파 병원에 입원한 일이 없이 건강한 삶을 살고 있다. 병원에 간 일이 있다면 다섯 남매 낳고 막내딸을 끝으로 산아 제한에 동참하여 인공적 피임을 한 것이 시간이 흐르자, 문제가 생겨 제거 수술을 한 것밖에 없다. 몇 년 전에 안면마비 증상 때문에 한의원에서 침 치료받고, 한약을 복용한 적은 있다. 그 외에는 지금 아주 약한 혈압약 한 가지 복용한다. 식사를 평생 소식을 하고 있어서인지 잔병치레하는 일 없이 건강한 삶을 살고 계신다.

　15여 년 전에 당뇨병 합병증으로 아들은 요양원에 들어가 생활하고 있다. 맨 처음에는 집에서 아이들이 직장생활을 하며 번갈아 돌봤는데 출가하면서 돌 볼 처지가 못 되어 요양원으로 들어갔다. 젊은 나이에 병들어 요양원에 들어간 자식은 백수의 노모에게 불효하는 것이다.

노모는 밤이나 낮이나 자식 걱정이다. 부모 형제가 있어도 각자 바쁘게 살고 있으니 누구 하나 자주 들여다볼 수 없어 안타까울 뿐이다. 그렇다고 눈먼 자식을 밥만 해주면 되는 것이 아니니까 집에 데리고 있을 수도 없다.

요양원에서는 장애 등급이 있기에 병원비도 많이 안 들고 전담 간병인이 있어서 화장실 문제라든지, 씻는 일을 도와주어 편리하게 생활하고 있는 편이다.

요양시설이 잘되어 있어서 어쩌면 어설프게 집에 있는 것보다 훨씬 삶의 질이 좋다. 노모에게 가끔 말씀드린다. 본인도 자기가 거기 있어야 모든 식구가 걱정 않고 생활하게 된다는 것을 잘 알고 있고 아주 편하다고 한다. 요양원에 있어야 시집간 자식들도 결혼생활 잘하고 직장생활을 무리 없이 할 수 있다고 하면서 너무 걱정하지 말라고 늘 입버릇처럼 말했다.

노모는 올겨울 들어 부쩍 아들을 그리워하는 말씀을 많이 하셨다. 그도 그렇겠지, 10여 년 전에 얼굴 한번 보러 갔다 와서는 아직 한 번 간 적이 없고, 주말마다 장애인 핸드폰으로 더듬거리며 전화를 걸어 노모와 통화만 했다. 자식 전화번호를 몰라 전화가 걸려 와야지만 안부를 묻는 처지다. 전화번호를 알려 드렸는데 직접 전화 걸기가 힘들었나 보다. 아마 눈이 안 보여 못 받을 것으로 생각하고 안 한 것인지 모르겠다.

그래서 며칠 전에 나 자신도 멀리 있다고 신경을 안 쓴 것이 너무 미안해서 노모와 다녀왔다.

당뇨병이 깊어져 인슐린주사를 맞는 날이 있어서 병원에 확인해 보고 서둘러 요양원에 갔다. 먼저 있던 요양원이 부도 맞아 갑자기 임진강변에 있는 요양원으로 옮겼다고 해서 찾아갔더니 그쪽에는 주변이 요양원으로 그득했다. 마치 요양원 촌이라 불러도 과언이 아니었다.

면회 접수를 해 놓고 기다리는 짧은 시간에 노모의 잡은 손은 떨고 있었다. 아닌 척 담담한 척했지만 목소리까지 떨렸다. 헤어진 지 강산이 한 바퀴 돌도록 주일마다 목소리로 안부만 묻다가 직접 얼굴을 보려니 얼마나 생각이 많겠는가? 면회 접수하고 30분 정도 시간이 흘렀을까 하는데 휠체어를 타고 요양보호사와 함께 왔다. 노모는 다리가 풀려 의자에 더듬더듬 앉고 눈먼 아들은 목소리만 듣고 선뜻 나가 서질 못했다. 눈이 안 보이고 검은 형체와 목소리가 나는 쪽을 바라볼 뿐이다. 아들의 손을 덥석 잡고 가슴이 미어지는 속울음을 토해낸다. 참았던 눈물을 소리조차 시원하게 못 내고 꺼이꺼이 토해 낼 뿐이다. 눈먼 아들도 노모의 손을 잡고 고작 할 수 있는 말 한마디 건넨다. "엄마 왜 이렇게 말랐어, 뼈만 남았네." 하며 말끝을 흐린다. "나는 괜찮다, 너는 어떡하느냐? 보고 싶은 사람 하나 못 보고 여기 갇혀서 답답해서 어떡하느냐?" 울다 울다가 기가 찬 노모는 면회실 바닥에 주저앉았는데 선뜻 일으켜 세울 수 없는 아들은 손만 내밀고 참았던 눈물을 터트렸다.

모자의 울음소리에 요양원 원장도 달려오고 간호사와 요양보

눈먼 아들 만난 날

호사, 식당 아줌마 모두가 안타까운 눈물을 흘렸다. 젊어서 혈기만 믿고 몸 관리 안 해서 요양원 신세가 되었다며 뒤늦은 후회만 하는 아들이 안타깝기만 했다.

면회 시간이 정해져 있고, 그날 오후에 인슐린주사 맞으러 가야 한다고 간호사가 데리러 왔다. 노모는 꼬깃꼬깃한 쌈짓돈 쥐여 주며 "보호사한테 맛난 것 사다 달라고 해서 먹어라." 하시며 "내가 언제 또 오겠느냐 마지막이지." "엄마 내가 드려야 하는데 이것을 어떻게 받아요?" 하면서 거절했다. "나는 나라에서 다달이 돈 나오니까 실컷 쓴다. 하면서 아쉬운 이별을 했다.

돌아오는 길에 룸미러로 보니 계속 눈물을 훔치셨다. 어쩌겠는가? 그래도 요양원에 있어야 서로가 안심되고 각자 일을 할 수 있는데~
우리나라가 복지와 요양시설은 잘되어 있어서 다행이라는 생각을 한 번 더 하게 된 계기였고, 요양시설에 안 가려면 열심히 몸 건강관리 잘해야겠다고 다짐하며 이글을 마치면서 시 한 편 올린다.

어머니의 속울음 / 염경희

제목 : 어머니의 속울음
시낭송 : 박영애
스마트폰으로 QR 코드를 스캔하면
시낭송을 감상할 수 있습니다

헤어진 지 강산이 한 바퀴 돌도록
주일마다 목소리로 안부만 주고받던 모자 상봉

심 봉사가 심청이 만나 눈 떴을 때보다 더
가슴이 미어지는 노모의 속울음에
영통설한 얼어붙은 임진강도 울고 있다

눈먼 자식은
백수를 바라보는 노모의 손을 더듬거리며
"엄마 왜 이렇게 말랐어, 뼈만 남았네"

참았던 속울음을 꺼이꺼이 토하내며
눈먼 아들을 끌어안고
"이 일을 어떡하느냐, 보고 싶은 사람 못 보니
답답해서 어떡하느냐?"

기가 차올라 노모의 다리가 풀려 주저앉아도
선 듯 일으켜 세우지 못하는 심정
자식 또한 속울음을 울 수밖에

심 봉사는 그리워하던 딸을 만나 눈을 떴건만
너를 만나러 어미가 왔는데
너는 왜 두 눈 번쩍 뜨지 못하냐며
토하내는 속울음에 바람도 숨죽였다

꼬깃꼬깃한 쌈짓돈 쥐여주며
"입에 맞는 것 사 먹어라
언제 또 오겠느냐, 이제 마지막이지"
모자의 절절한 만남은 요양원을 눈물바다로 만들었다.

133

눈먼 아들 만난 날

삶을 노래하며

　살아오면서 달빛에 풀어놓은 넋두리가 떠돌다 모여 모여서 제 품에 안겨 싹을 틔웁니다. 그 싹을 고운 옷 입혀 세상에 내놓고 싶어서 시를 쓰게 되었고, 한편으로는 숨겨 두었던 희로애락의 삶을 이제는 부끄럼 없이 털어놓아야 후회가 없을 것 같아서 수필을 씁니다.

　세상에는 저보다 더 어려움을 이기며 사는 사람들이 많을 거라 생각 됩니다. 제 글이 누군가에게 희망을 주고 용기를 주면 좋겠다는 작은 소망으로 진솔한 이야기를 쓰려고 수필집 출간에 도전해 봅니다. 저처럼 용기를 잃지 않는 사람들이 많았으면 좋겠습니다.

　뒤돌아보면, 삶의 과정에서 겪은 수많은 고난과 역경들은 인생의 밑거름이 되어 지금의 삶에 큰 자산이 된 것처럼, 『별을 따다.』시에서 작은 별들은 그동안 힘들었던 많은 사연의 조각이었습니다. 지금의 삶을 있게 한 작은 별들을 지키고 소중히 하고자 하는 마음의 자산이 곧 큰 별일 거라 생각되어 승진을 자축하면서 지은 시 『별을 따다.』시집 출간을 하고 한 달 만에 베스트셀러 1위에 오르는 영광을 안았기에 저에겐 참으로 의미 깊은 첫 시집이고 대표 시입니다. 저의 삶이 고스란히 수록된 시집이 너무 소중합니다. 출간 계획에 있는 수필집 역시 많은 사랑 받기를 간절하게 소망합니다.

책상머리에 앉아 펜대는 못 굴렸어도 당당한 기능사로 최고의 자리에 올랐습니다. 또한, 성실함을 인정받아 정부 모범공무원상 수상을 하였습니다. 승진도 마지막 단계까지 순탄하게 올라 사무관 대우를 달았으며, 이제 명예로운 정년까지 탈 없이 보내면 됩니다. 강산을 세 바퀴 돌면서 달려온 황혼 역 환승 시간처럼 얼마 남지 않은 정년…. 조금은 서글퍼집니다.

이제는 자신 있게 저 자신을 칭찬합니다. 많이 애썼다고 기특하다고 다독여봅니다. 10급 공무원으로 시작하여 지금까지 승진할 때마다 별을 하나하나 따서 5개의 별을 따고 보니 별 수만큼 주름은 늘어나고 하얀 손마디는 삐뚤삐뚤 굽어졌습니다. 그래도 이 손으로 큰살림해가며 자식 농사만큼은 잘 지었다는 자부심이 큽니다. 어린 두 딸 두고 새벽이면 생활 전선으로 나갔어도 불평 한번 안 하며 학교생활 충실하게 해주어 한 번도 불려 간 적 없어 얼마나 감사한 일인지 모릅니다.

삶을 노래하며

학용품 필요한 것 사서 쓰라고 경대에 천 원짜리 두어 장 두고 나가면 알아서 쓰고 도시락을 못 싸줘서 점심시간이면 집에 와서 점심을 먹고 다녔습니다. 다행인 것이 바로 집 옆이 초등학교가 있어서 가능했지만, 얼마나 고맙고 미안하고 아픈 자식이었는지~~

이제 그 아픔 다 잊었습니다.
행복한 가정 이루어 애들하고 오순도순 정겹게 사는 모습 보면 든든하고 세상에서 제일 부자가 된 기분입니다. 이만하면 성공한 삶이 아닐까요?

마음이 부자가 되니까 지난날을 털어 낼 수 있는 여유가 생겨 삶을 노래하며 즐기게 됩니다. 지금부터는 달빛에 풀어놓던 넋두리는 그만하고 자연과 벗 삼아 황혼은 어떤 씨앗을 심어 고운 꽃을 피울 것인가 고민해 봅니다.

인생은 60부터랍니다. 많이 늦은 건 아니니까 늙어가는 모습 말고 무르익어가는 한 여인으로 살고 싶습니다. 늘 지고 다니던 근심 보따리 따위 벗어내고 이제 좋은 사람 그늘에서 쉬어가며 기대어 살고 싶습니다. 가녀린 몸으로 큰 짐 짊어지고 다니지 않는 누군가의 보살핌을 받으며 귀한 대접 받고 살아보고 싶습니다.

이미자 선생님의 『여자의 일생』이란 노래를 많이 불렀습니다. 꼭 내 처지를 말하는 것 같아 눈물 흘릴 때도 많았지만, 앞으로는 김연자 선생님의 『아모르파티』 같은 경쾌한 노래를 부르고 삶을 노래하면서 황혼 역에 환승했을 때는 자연과 더불어 사는 꿈을 꿉니다.

두 다리 멀쩡할 때 여행 다니고 즐기면서 춤도 추고 노래 부르며 백 세 인생을 즐기고 싶은 소망입니다.

삶을 노래하며

나에게 보내는 편지

196*년 윤사월 열하루 오후 6시 30분.

너는 이 세상에 나왔노라고 아주 힘차게 울음을 터트렸지. 아버지: 염*순, 어머니: 오*숙의 막내딸로 태어나 그래도 나름 사랑받으며 유년기를 잘 보내왔어. 세상에 태어날 때는 저마다 큰 사랑을 받으며 태어나는 것이니까, 너도 그 사람 중의 하나로 축복받으며 이 세상 품에 안겼지.

누구나 세상 밖으로 나와 첫 번째로 하는 일이 목소리 높여 우는 일이라고 했다. 그 울음소리가 웃음으로 변해 세상사는 일이 평탄한 사람은 예나 지금이나 금 수저를 물고 태어나 호의호식하는 자가 있지만, 흙 수저를 물고 태어나 사는 날까지 힘에 겨워 몸부림치고 허덕이면서 전전긍긍하는 사람이 많은 게 세상사란다. 자식을 선택하지 못하고 부모를 골라 태어날 수 없는 것이 세상 이치란다.

너도 지나온 시간을 되돌아보면 웃는 날보다 우는 날이 수없이 많기만 했잖아 누구를 원망도 탓도 안 하겠지만, 그래도 넌 어떤 이유든 간에 지금의 길을 선택할 수밖에 없었던 거야. 누가 등 떠민 것도 아니고 누가 시킨 일도 아니지만 이른 결혼을 하면서 이미 올바른 길이 아님을 알았지만, 그때는 어쩔 수 없었으니 책망하지 말자.

누워서 아무것도 할 수 없는 아버지는 말로만 모든 일을 지시하셨고 혼자 살림을 꾸려야 하는 어머니는 보따리 행상부터 두부 장사, 묵 장사, 야채 장사 등등을 하면서 식구들의 끼니를 책임져야 하는 걸 보면서 어린 나이에 너무 일찍 철이 들었던 것이야.

그런 어머니를 외면할 수가 없었고, 중학교 입학 무렵 넌 너무 많이 힘든 일을 겪었지. 진학을 놓고 보내니 못 보내니 하는 때에 담임 선생님께서 가정방문을 오셔서 이 아이는 앞으로 크게 될 아이니까 꼭 진학시켜야 한다고 하시면서 입학금 냈으니 입학시키라고 당부하시는 바람에 겨우 진학의 꿈은 이루었지만, 그 후 모든 것이 물거품이 되고 넌 네 손으로 가방끈을 놓아 버리고 야학의 길을 택했지. 낮에는 일하고 밤에는 공부하겠다며 산업전선에 뛰어들었던 거야. 그때부터 너의 인생이 점점 더 빠르게 사회 물을 먹게 되었고, 또래와는 달리 가는 길이 달랐던 거야. 친구들은 가방 들고 학교 가는데 일터로 향하면서 그 시간이 정말 싫었던 기억이 생생하다. 어쩌다 보니 이른 결혼을 한 것이

나에게 보내는 편지

도피처로 삼지는 않았을까 생각해 본다. 처음부터 길이 아닌 걸 알았을 때는 이미 늦었고, 그때 정리하고 새롭게 시작했다면 좀 나아졌을까? 하는 생각도 해 본다.

한편으로는 운명이고 팔자라는 생각으로 살았지만, 그때 바꿨으면 지난 삶이 변하지 않았을까 하는 아쉬움도 있지. 그래도 잘했어. 스스로 놓아 버린 가방을 다시 찾아 꿈을 버리지 않고 만학도의 길을 걸어오며 너의 재능을 발휘하며 살고 있는 지금은 아주 즐거운 마음으로 행복을 누리고 있잖아.

지금, 이 순간이 너에게는 최고의 황금기이고 사랑하는 두 딸 밥그릇 만들어주어 행복하게 사는 모습 보고 손, 자녀 재롱에 웃는 날이 많으니 참 다행이다.

경희야! 앞으로는 건강 잘 지켜서 사는 날까지 아이들한테 걱정 주지 말고 살다가 어느 날 예쁜 모습으로 떠나면 되는 거야. 그동안 여자로 태어나 남자처럼 생을 살았지만, 떳떳하게 포기하지 않고 잘 견뎌줘서 고맙다. 이제부터는 네가 너를 많이 사랑하고 하고 싶은 일 하면서 살아가길 바랄게.

"장하다 우리 경희야!"

이제는 어디를 가든지 기죽을 일 없으니 당당하고 멋지게 세상에 나선들 무엇이 두렵겠니. 초년에 겪은 일은 지금의 너를 만들어내기 위한 밑거름이었으니 감사한 마음으로 황혼길에 올라 다시 꿈을 향해 날개를 활짝 펴 보려무나.

지금까지 아픈 곳 하나 없고 충치 하나 없으니, 건강은 타고 나 최고의 복을 지닌 삶이니 얼마나 다행인 거야. 그동안 답답하고 응어리진 속내를 글로 풀어내서일까? 나이 들면 약간의 증상이 있는 것들도 다 없어져서 건강검진 결과 주치의 선생님께 축하 한다는 박수도 받았으니 관리 열심히 해서 후회를 남기지 않는 삶을 살아보자. "사랑해! 경희야!"

견디고 견디다가 아픈 손가락들 시집보내고 혼자 극단적 선택을 하려고 했던 때, 그렇게 떠났으면 지금에 이 행복을 잡을 수 있었겠니? 아들 같은 사위 사랑도 못 받아보고, 손주들이 예쁘게 자라는 모습 또한 언감생심이지. 다시 생각해도 네가 이런 행복을 포기하려 했던 순간이 아찔하고 바보였던 것이라고 말하고 싶다.

지금 네가 맞는 시간이 거꾸로 가고 있음에 감사하며, 갈수록 몸도 마음도 젊어지는 지금, 그동안 아팠던 일들 이제 훌훌 털어버리고 아직 못한 일, 하고 싶은 일 하면서 봄여름, 가을 겨울, 계절에 상관없이 마음껏 즐기며 늙어가는 인생 말고 곱게 익어가는 언제나 마음만은 소녀로 살아가렴. 지금이 딱 좋은 나이야! 유행가처럼 노래 부르며 춤도 추고, 마음껏 즐기길 바란다.

2024. 01.

경희가 경희에게 보냄

나에게 보내는 편지

팔자

사람들은 저마다 가슴속 깊이 자기만의 갈 길을 정해 놓고 꿈을 간직하며 살고 있다. 탯줄 끊어내고 세상 밖에 내놓아지는 순간 부모의 부와 환경에 따라 인생의 반은 좌우된다. 그때부터 팔자가 정해지는지도 모르겠다. 기와집에서 태어나면 하얀 이밥을 먹고 초가집에서 태어나면 끼니 때우기 위해 기와집 대문 안을 기웃거리는 삶을 살아야 했다.

사시사철 호의호식하는 삶이 있지만, 평생 팔자타령하며 뼈 빠지게 일을 해도 마냥 그 자리를 다람쥐 쳇바퀴 돌 듯 종종거리며 살아가는 사람들도 많다.

이 순간 깊은 생각을 해본다. 팔자란 과연 있을까, 사주팔자가 맞는 걸까?
지나온 날들을 회상해 보면 있는 것 같기도 하다. 너무 힘이 들어 무속인도 많이 찾았었고, 점괘에 혹해 없는 돈도 없앤 적이 있었다. 사람이 궁지에 몰리면 별의별 것에 의지한다. 물에 빠진 사람이 허우적대며 지푸라기라도 잡으려 하듯이 삶이 노력해도 힘겹기만 할 때는 귀가 얄팍해져 사리 판단이 흐려지게 되는 게 당연지사이다.

나 역시 수많은 일들이 반복되면서 깨우칠 수 있었던 것은 길이 아니면 돌아가는 길도 택해서는 안 된다는 것이다. 돌아가도 출발점이 같고 도착점이 같으면 그 길은 시간 낭비에 아무런 소득이 없다는 걸 알았다. 참고 또 참아 살아오는 과정에서 몸은 지칠 대로 지치고, 정신은 물에 물 탄 듯 술에 술 탄 듯 판단력이 흐려지고 결국 삶과 죽음의 갈림길에 닥쳐서야 모든 걸 내려놓게 되었으니 수많은 날의 수고스러움이 원점이었다.

길이 아님을 알면서도 책임감 때문에 살아온 날들, 필자도 팔자타령 많이 하면서 살았다.

부모의 덕이 없고 형제 덕이 없는데 나에게 무슨 복이 있을까? 하는 생각을 늘 하면서 한숨 소리만 늘어가는 생활 속에 두 아이가 눈에 밟혀 다른 길을 선택할 수 없었다.

조선시대도 아닌데 그때 어르신들은 왜 그랬을까? 여자는 시집을 가면 소박을 맞아도 시댁 울타리 밑에서 죽어야 한다는 말 같지도 않은 말을 귀에 딱지가 생길 정도로 들었다. 아마, 친정 부모한테 고통을 털어놓았으면 달라졌을까 하는

팔자

생각도 해 보았다. 친정 부모 알면 가슴 아플까 봐 내색하지 못하고 참았는데 양반 집 타령하며 은근히 압박해 오는 말들을 수없이 듣다 보니 어린 나이에 참으면 살아지는 줄 알았다. 살아오면서 그런 말들의 영향이 전혀 없었다고는 생각하지 않는다.

누구에게 속 풀이 한번 못하고 살아오면서 답답하면 "나는 언제나 좋은 날 오려는가?" 하면서 점쟁이를 찾아다녔고, 자연적으로 그들의 말에 귀를 쫑긋 세우기도 했다. 지금 와 이 글을 쓰면서 어느 무속인의 말이 생각났다. 30이 안 된 나이였는데 "아기 엄마는 50이 넘으면 아기 엄마가 원하는 삶을 살게 될 것이야." 그 안에는 풍파가 많을 팔자라며 혀를 끌끌 찼다.

그때부터 내 나이가 언제 50이 될까 하면서 20년을 이렇게 더 살아야 한다니 한심한 노릇이었다. "그래 팔자가 어디 가나 산 목숨이니 사는 데까지 살아보자." 그 세월을 보내는 동안 차마 입 밖으로 내뱉을 수 없는 일들이 많았지만, 엄마니까 견딜 수 있었다.

50줄에 가까워지면서 꿈에도 생각지 않았던 일들로 크고 작은 문제들이 연속이었다. 어느 날 점쟁이가 한 말대로 가정에는 삐걱 소리가 나고 내 마음대로 산다는 말에 자꾸 초점이 맞춰지기 시작했다.

순간순간 내 인생이 퍼즐로 엉켜 있었다고 믿게 되었고, 지난

날이 뒤죽박죽인 삶이었기에 지금부터는 제대로 된 나의 삶이 시작되는 것으로 생각하게 되었다. 오던 길을 돌아갈 수 없었다. 그렇다고 빙빙 돌아올 수도 없었고 더욱더 직진은 없었기에 고스란히 고뇌의 길을 감내한 것이 현재 삶이 평안을 찾은 것이다.

웬 팔자타령이냐고 하겠지만, 지금까지 살아오면서 겪은 일들과 과정이 퍼즐 맞추어지듯이 딱딱 맞추어져 가고 있기에 앞으로의 삶은 기쁘고 행복한 일만 있을 것이라 믿는다. 힘들고 지쳤을 때 잠깐 몇 초의 잘못된 선택이 있었다면, 지금의 부귀영화를 어찌 누리겠는가? 아팠던 만큼 행복을 누리며 현재의 삶도 팔자에 속한다면 감사하게 누리며 앞으로의 여생을 오직 나만을 위한 삶으로 즐겨 보련다.

내가 너무 사랑한 아이들이 웃으며 기쁘게 살 수 있게 하려면 우선 건강을 지켜야 하고 엄마란 기둥으로 꿋꿋하게 자리를 지켜줘야 하는 것이 지금의 책무인 것으로 생각하며 살아가다 보면 크고 작은 걸림돌에 넘어지더라도 벌떡 일으켜 세워줄 수 있는 대들보가 되고 울타리가 되어 우리 아홉 식구가 늘 웃는 날이기를 기도한다.

고향 땅을 떠나온 지 벌써 10년이 흐르고 있다.
이 길을 택하지 않았다면 평생 마련한 밥그릇마저 빼앗길 뻔했다. 공무원들이 믿고 의지하는 연금, 그것마저도 자신을 위해 쓰지 못하고 궁색한 살림살이에 털어 넣을 뻔했다. 홀로서기를

팔자

택하면서 모든 사람에게 평생 바보라는 소리를 듣고 있지만, 과정을 일일이 말은 할 수 없다. 헤어지면서 금전을 요구하면서 내 연금마저 탐내는 말을 듣고 정신이 들었다. 악연은 여기까지면 족하다. 실낱같은 미련조차 없어졌다고, 원하는 것을 주면서 자신에게 말했다.

"평생 머슴으로 살아왔지만, 이 돈으로 노후를 사는 것이니 억울해하지 말자." 앓던 이 빠진 것처럼 개운하다고 생각하고, 오롯이 내가 마련한 밥그릇 잘 챙겨 마음 편하게 살기로 했다.

무속인의 말대로 말년 운이 있다더니 지금은 내 맘대로 하고 싶은 것 하면서 아주 행복한 삶을 살고 있다. 두 딸아이 오순도순 행복하게 사는 모습 보면서 평생 옹이로 남아 있던 공부 하고 꿈도 못 꾸었던 골프도 치면서 즐거운 삶을 살고 있다. 이것도 팔자의 일부분이라면 아주 좋은 팔자라고 믿고 싶다. 초년고생은 잃어버리고, 말년 복을 거머쥐고 멋지게 황혼을 즐겨보련다.

제5부 베풂의 미덕

동네 목욕탕에서 생긴 일

한 달 전부터 동네 목욕탕 세신 하는 언니한테 예약을 잡아 두었다. 요즘 친정엄마께 전화 드리면 딸집에 오고 싶은 마음을 자주 드러내셨다. 대놓고 말은 안 하지만 말 한마디 한마디에서 전해 오는 그 무언가가 죄스러운 마음이 들어 연말에 연차 계획을 세워 놓고 엄마께도 언제 모시러 갈 것이라고 말씀드렸더니 애들처럼 좋아하셨다. 언젠가 많이 속상한 일이 있었는지 친정집 바로 아랫집 아주머니가 말씀하시길 "경희네 집에 가서 해 주는 밥 먹고 있으면 아주 편한데..." 그런 말씀을 하셨단다.

가슴이 먹먹하고 아팠다. 그런 내색을 하실 엄마가 아닌데 오죽 힘들면 하셨을까? 눈물이 핑 돌았다. "아줌마! 아직 나는 일을 해야 하는데, 집에 혼자 계시게 할 수 없잖아요. 그래도 여기는 경로당도 마음대로 다니고 말벗도 많고 한데..." 그냥 속상해서 하신 말씀이니까 신경 쓰지 말라고 하는데 어디 그런가?

마음이 아파서 며칠만이라도 모셔 와야겠다고 마음먹고 직장에 연가 내고 모셔 왔다.

몇 년 전에 모셔 와 좋아하시는 것 해드리며 이런저런 옛날이야기 털어놓으시며 좋아하시던 때가 생각났다. 많이 드시는 편이 아니고 밥도 애들만큼 드셔서 조금씩 하는 것이 어색하고 힘들다. 매일 많은 양의 음식을 하다가 아주 조금씩 하려니 소꿉놀이하는 것처럼 장난스럽지만, 며칠 동안 요것 저것 골고루 해 드리며 효녀 흉내 좀 내 보아야겠다.

어제는 목욕탕에 모시고 갔다. 집 가까운 곳에도 있지만, 다니던 곳에 가야 세신 해 주는 언니가 신경 써서 해주니까 멀리 장호원에 있는 목욕탕에 갔는데 손님들이 무척 많아 시간이 꽤 걸릴 것으로 생각하니 힘들어하실 엄마가 신경이 쓰였다.
세신 하는 언니에게 예약했었는데 살짝 물어보니 까맣게 잊어 버렸다며 미안해했다. "어쩔 수 없지 뭐!" 하고는 탕에 들어가 엄마 머리 감기고 샤워시켜 따뜻한 탕에 들여보내려니 뜨거운 곳에는 질색하셨다. 물도 미지근해야 했다. '큰일이었다. 탕에도 못 들어가면 추울 텐데, 어쩌지?' 순서는 1시간 넘게 기다려야 해서 난감해하고 있는데 수중안마 하는 곳이 물 온도가 체온과 비슷하다며 거기에 들어가게 하라고 내 또래가 걱정스럽게 권했다. "엄마 저기는 안 뜨거워 저기 들어가면 돼. 같이 들어가요." 했더니 거기서는 앉아 계셨다.

천만다행이었다. 나는 따끈한 곳이 좋아 혹시 넘어질까 살피면서 온탕에 들어앉아 있었는데, 울 엄마 모습이 많이 신경 쓰였나 보다. 세신 해 주는 언니가 살짝 오더니 다음 분에게 양해를 구했다며 나이 드신 분 저렇게 오래 있으면 위험하니까 먼저 해 준다고 했다. 순서 바꿔 먼저 해 줄 테니까 준비하라고 해서 정말 고마웠다. 본인이 기억 못해 예약이 안 된 것이니까 엄마 먼저 씻겨 내보내라고 했다.

세신 하는 언니도 고마웠지만, 선뜻 양보 해준 분이 정말 고마워서 찾아 인사드렸다. 오늘은 시간이 급한 것이 없다며 신경 쓰지 말라고 하면서 그분도 연로하신 부모님 생각이 나 그랬다며 내 손을 꼭 잡아 주었다.

옛날에는 목욕탕에서도 정이 오갔는데 지금은 찾아볼 수 없다. 각자 목욕하다가 등을 밀 수 없으면 "등 같이 미실래요?" 하면서 서로 밀어주곤 했었는데 지금은 그렇지 않다. 대부분 사람이 세신 하는 언니에게 맡긴다. 그만큼 목욕탕 인심도 세월 따라 각박해졌다는 증거다. 이런 때에 양보해 주신 분이 너무 감사했다.

어제는 목욕탕에 나처럼 친정엄마 모시고 온 딸들이 많았다. 주춤주춤 덜 손잡고 들어서는 모습이 참 보기 좋아 마음은 온탕의 온도보다 높아졌다. 엄마를 세신 하는 언니에게 맡겨 놓고 탕에 앉아 있는데 풍채가 좋으신 어머님이 갑자기 딸을 바라보더니 나가신다. 분명, 혼자 목욕하는 딸내미 등 밀어주려고 나가시는 것 같아 "어머니 왜요? 딸 등 밀어주시게요? 제가 밀어줄 테니까 그냥 계세요." 했더니 당신이 밀어주신다며 밀어주시는 데 힘 있게 잘 밀어주는 걸 보고 다들 놀랐다. 딸 등 밀어주는 모습에서 엄마의 사랑이 잔뜩 느껴졌다. '자식이 나이가 들어도 부모 눈에는 어린 게 보이구나!' 하는 생각이 들어서 많이 아주 고마웠다.

탕에 다시 들어오신 어머님께 연세를 여쭈었다.

"많아요, 구십이에요." "어머나! 정정하세요. 우리 엄마는 구십 사세이세요. 어머님은 풍채가 좋으신데 우리 엄마는 바짝 말랐어요." 했더니 살찌면 몸이 아프다며 살찌면 안 된다고 하셨다.

목욕탕의 풍경을 보고 느낀 점이다.

어르신들 모시고 목욕 오는 걸 보면 거의 딸들이 모시고 온다. 며느리와 오는 경우는 드물고 들어서는 모습부터 다르다. 며느리도 자식이고 부모인데 불편한 관계는 어쩔 수 없는 현실이다. 부모 역시 며느리와 목욕 다니는 것이 불편하다는 말을 듣기는 했다. "아무리 잘해줘도 시어머니는 시어머니, 친정엄마는 친정엄마다." 설탕이 제아무리 달아도 설탕일 뿐이고, 소금에서 단맛이 난다 해도 설탕이 될 수 없듯이 현실이 그런 것이란 생각이 든다.

그렇지만, 목욕탕에서 느낀 훈훈함은 목욕탕 안에 적혀 있는 수중 안마 온도 36.6℃, 온탕 온도 46.6℃, 찜질방 67.6℃보다 더 높은 사랑의 온도 100℃ 가 넘었다.

 개운하게 목욕하고 돌아오는 길에는 모처럼 하얀 눈이 펑펑 내려 솜이불 덮어주듯 했고, 한 해의 허물을 덮어 새롭게 하얀 마음으로 새해를 맞으라는 뜻으로 보였다.

 이제 얼마나 함께 할 시간이 있을까? 짧은 시간이지만 엄마와 함께 단둘이서 추억을 만들어야겠다. 저녁밥은 곤드레나물밥 짓고, 조기구이와 삼겹살, 우렁이 넣고 된장찌개 바글바글 끓여 싹싹 비벼서 엄마와 함께한 밥상에 웃음꽃이 피었다. 훈훈한 인심이 살아 있는 목욕탕에 다녀오면서 그래도 아직은 살맛이 나는 세상이라는 걸 느꼈고 어디서든지 어르신을 공경하는 맘 가지고 살아야겠다고 다짐한 하루였다.

 하얀 눈이 소복이 쌓여가는 밤, 저 눈만큼 엄마의 마음에도 편안함이 가득 쌓여 갔으면 하는 간절한 바람이고, 사시는 날까지 건강한 모습으로 오래오래 계셔주기를 기도하는 밤이다.

인연과 말

좋아하는데 헤어지면 몹시 아픕니다.

미워하는데 만나게 되면 더 아픕니다.

좋아했던 마음은 가슴속에라도 간직하면 되지만, 미운 사람 만나게 되면 두 마음이 부딪혀서 고통은 두 배가 된다고 생각합니다.

인연이란 그런 겁니다.

만나는 인연과 헤어지는 인연은 마음대로 할 수 있는 것이 아니고, 우연이든 필연이든 만나지는 것이 인연입니다. 만나고 싶지 않은 인연이라면 미운 마음에 구애받지 말고, 담담하게 웃으면서 바람 스치듯 스쳐 지나가면 됩니다. 또, 헤어져야 하는 인연이라면 사랑하는 마음에 목매이지 말아야 합니다.

마음이 시키는 대로 내 마음을 맡겨서 판단해야 합니다.

한번 어긋난 마음은 치유하는 데 많은 시간이 필요하고, 과연 되돌아온들 애틋했던 마음은 제자리에 오지 않습니다.

"가지고 싶다, 버리고 싶다." 두 마음을 놓아 버리고 주어진 상황을 그대로 받아들이면 됩니다. 억지로 욕심 내 다가서거나 밀어내지도 말아야 한다고 생각합니다.
하지만, 본능적인 동물이기에 우리는 항상 자기 주관을 중심으로 외면을 변화시키려 합니다. 자기중심적이 안 되면 힘에 겨워 짜증이 나게 마련입니다. 뜻대로 되지 않으면 강제적, 무력으로 변화시키려 합니다.

힘이 들면 잠시 마음을 하얗게 비워두고 돌아가는 길도 찾아보아야 하는 데 급한 마음에 직진만 하다 보니 불화가 생기고 놓지 말아야 할 끈을 놓게 되는 것이란 생각을 합니다.

욕심과 기대를 내려놓는다는 것이 힘듭니다. 쉬운 일이 아니지만, 노력하는 삶이 있어야만 모든 관계나 인연에서 세상을 살아가는데 수월하지 않을까 싶습니다.

인연이란 어디에서 어떻게 맺어질지 모릅니다.
낯선 등산로, 바닷가, 또는 버스, 기차 안 등등 이 세상에 태어나 인연의 끈이 있다면 한 번쯤은 만나지는 게 인연이겠지요.

내게 주어진 인연은 참 소중한 것입니다.

인연은 주로 말의 중요함을 무시하기 때문에 신뢰와 신의를 잃어버려 소중한 것을 놓치는 경우가 허다합니다. 초면이든 구면이든 침묵을 소중히 여길 줄 알아야 합니다. 쓸데없이 말이 많으면 가벼워 보이고 신뢰하는 마음에서 벗어나 살피게 되고 경계하게 됩니다.

살아오는 동안 많은 사람을 만나면서 느낍니다.
처음 보는 관계인데 호들갑을 떨면서 친 한 척하는 사람이 있는 반면에 상대방의 말에 관심을 두고 호응해 오는 사람이 있습니다. 관계가 잘 이루어지는 사람은 후자이지요.

그만큼 인간관계는 상대성에서 가늠된다고 생각합니다.
부모·형제, 부모·자식, 친구 이 모든 사람은 인연이 있으니까 만나게 된 것입니다.

소중한 인연이 불쑥불쑥 내뱉는 말 때문에 상처받고 이별도 합니다. 말은 하기 전에 할 말, 안 할 말 걸러야 하는데 무작정 내뱉고 후회하지요. 깊이 묻어야 할 말은 묻어야 하는데 인내하지 못하고 밖으로 쏟아내고 마는 것입니다.

잘못된 말 한마디가 살면서 후회하는 일이 얼마나 많았는가를 자신 역시 돌아보고 있습니다. 내가 한 말이 옳다는 교만으로 다른 이와 대립하는 일은 없었는지 돌아봅니다.
말 한마디로 이별도 하고, 원수처럼 지내면서 상처를 주고받

인연과 말

아 힘들게 지내는 사람들이 주위에는 많습니다. 우리가 쉽게 쓰는 말이 어떻게 하는가에 따라 단 약이 되고 독약도 됩니다.

말을 많이 하는 것보다는 말을 걸러 할 줄 아는 습관과 새겨듣는 방법을 잘 익혀 소중한 인연을 잃어버리는 일이 없기를 바라는 심정으로 이 글을 씁니다.

말을 안 해서 후회하는 일보다 많이 해버렸기 때문에 후회하게 되는 일이 얼마나 많은가를 생각해 보면서 우리의 소중한 말, 고운 말을 진심 담아 소통하면서 행복한 인연 이어갔으면 하는 마음 간절히 전해 봅니다.

더불어 사는 세상이 아름답다

벌써 시간이 꽤 흘러 강산이 한 바퀴하고도 반 바퀴를 더 돌고 있습니다. 나이 먹은 사람들이 배움에 목말라, 하나 둘 꿈을 안고 모여든 교정이 매우 그립습니다.

공부를 못 한 것이 내 탓이 아닌데 남들 앞에서 주눅 들어 의기소침했던 때가 늘 생활처럼 함께 따라다녔습니다. 상급학교 이야기만 나오면 얼굴이 달아오르고, 소주 몇 병 먹은 사람처럼 화끈거렸습니다.

고등학교 교정에 모인 사람들은 대부분 50을 넘은 중년들, 그 중에 몇몇 아이들이 있었는데 그 아이들은 정규 학교에 다니다가 문제가 있어서 옮겨 온 아이들이었습니다. 행동도 올바르지 못하고 수업 시간에도 책상에 엎드려 잠자는 것이 출석 일에 1/2이 넘었습니다. 자식 같은 애들하고 같이 공부하면서 그 애들 태도에 화가 많이 났지만, 어떤 일로 퇴학을 당했는지 모를 일이라 내심 무섭게 느껴져 크게 나무라지 못하고 속으로 혀를 끌

끌 찼던 기억이 납니다. 그때만 해도 지금처럼 젊은 층들이 험악하지는 않았는데도 함부로 야단칠 수 없었습니다.

연령대가 다양했지만, 배우겠다는 의지는 고령일수록 더 크게 다가왔던 것 같았습니다. 눈은 더 초롱초롱 빛이 났고, 수업도 빠지는 일이 없었습니다. 직장 다니랴 공부하랴 또 집안의 가장 노릇하랴 모두 힘들었지만, 우리들은 함께 3년 동안 한배에 타서 꿈을 키웠습니다. 가슴에는 언제나 누구에게 내보이고 싶지 않은 큰 바윗덩어리 숨겨두고 희뿌연 안갯길에서 벗어나려고 안간힘을 다해 학업에 전념했습니다. 한 달에 두 번만 출석하고 나머지는 집에서 자율 학습을 하며 과제로 대신했지만, 그 열정만큼은 우등생이었습니다.

예나 지금이나 급식을 주요 업무로 해서인지는 몰라도 나눔을 생활처럼 자연스럽게 하면서 지금도 살고 있습니다. 그때도 어른들이지만 점심시간이 정해져 있어서 외부 식당을 이용하기란 어려운 점이 많았습니다. 도시락을 싸서 등교했는데 제 도시락은 언제나 큰 가방 가득 두 개였습니다. 10~15인분 정도는 꼭 가지고 다녀서 학교에서는 선생님들한테도 소문이 번져 가끔 기분 좋은 소리도 많이 들었습니다. 칭찬이라기보다는 나누는 모습이 좋아 보였나 봅니다. 학우들 간에는 "염경희"라는 사람이 궁금해졌고, 같은 반 되기를 희망하는 학생들이 더러 있었다는 소리를 나중에 들었지만 과히 나쁘지는 않았습니다. 소풍 갈 때 가을 운동회 할 때 등등 크고 작은 행사가 있으면 당연한

듯이 바리바리 싸 들고 다녔던 기억이 나 지금도 그때 그 시절이 그립고 학우들이 많이 생각납니다. 지금은 많이 늙고 먼 길을 떠난 사람들도 더러 있다고 합니다.

그렇게 3년이란 시간을 함께하면서 꿈은 더 크게 꾸게 되었고, 거기서 멈추기에는 뭔가 모르게 개운치 않아 고민에 빠지게 했습니다. 화장실 갔다가 뒤처리 하지 않은 듯한 찝찝함이 억압했습니다. 바로 대학 진학 문제였습니다. 한참 자녀들 학비 들어가는 때인데 본인의 등록금이 걸림돌이 되었습니다. 그래도 가슴에서 불타는 학구열은 어쩔 수 없었나 봅니다. 각 대학에서 입시 설명회를 오고 선배들의 경험담과 설득을 통해 대학에 입학하기로 했습니다. 저 같은 경우는 두 아이 등록금을 공무원 연금 학자금 대출받아 보내고 나니 제 등록금을 또 받기가 부담스러웠지만, 큰 결심 했습니다. "내가 버는데 나도 대출받아 가면 되지. 그리고 졸업 후에는 아이들 학자금대출이 마무리되는 시점이니 내 대출 건 정리하면 된다는 계산이 생겨 당당하게 입학했습니다. 같이 공부한 학우들도 설득했습니다. 지금 못 가면 대학 문턱 못 밟아본다고, 같이 끝까지 가보자고 했더니 용기를 낸 학우들이 17명이나 되었습니다. 함께 같은 대학에 입학하고 졸업하면서 큰 바윗덩어리 시원하게 빼 던졌습니다.

그 후에도 선배들이 우리들한테 도움을 준 것처럼 저 역시 후배들에게 용기를 주고 이끌어 지금도 같은 취미로 대한문인협회 시인으로 멋지게 활동하고 있습니다. 일일이 말은 않겠습니

더불어사는세상이아름답다

다. 더불어 자신만의 색깔로 가을 단풍 드는 것처럼 물들어가는 서로에게 응원의 손뼉을 쳐주며 가는 길이 외롭지 않아 참 좋습니다. 3년 동안 반장을 맡아 했고, 4년 동안 과대표를 맡아 봉사하면서 저는 많은 것을 얻었습니다. 제가 나눔을 한 것보다 몇 배는 더 돌아온 것 같습니다. 선생님, 교수님께 인정받고, 대선배님들께 사랑을 듬뿍 받았습니다. 윗사람에게 인정받고 학우들과 불평불만 없이 잘 지냈으면 최고라고 저는 자부합니다. 지금 와서 돌이켜보면 그때 극성을 안 부렸으면 어떻게 변했을까 하는 생각이 듭니다. 선조들처럼 독립운동가가 아니고 애국자도 아니지만, 함께 뜻을 같이하고 같은 길을 걸어 온 학우들이 정말 고맙습니다. 누군가 그랬습니다. "배움에는 은퇴가 없다. 세 살 어린애한테도 배울 것이 있으면 배워야 한다."는 말 다시 실감하는 시간입니다.

저는 지금도 계속 공부하고 있습니다. 요즘 줌으로 모든 것을 다 할 수 있습니다. 굳이 학원에 등록을 안 해도 부지런하면 다 할 수 있어 참 살기 좋은 세상입니다. 이것도 혼자서는 못 할 일이었는데 친구와 단둘이 하다가 연결고리가 이어져 새로운 공부에 도전했습니다. 하나하나 배우다 보면 누군가에게 나눔이란 걸 할 날이 올 것이라고 믿습니다.

저는 요즘 새로운 나눔을 시작했습니다. 제가 하는 일이 밥하는 일이다 보니까 남은 밥을 이용해서 추운 겨울에 꼭 맞는 기부를 합니다. 아무리 양을 맞추어서 한다고 해도 조금씩 남아 그대로 잔반으로 처리하는 일이 늘 죄스러웠습니다. 굶는 사람도 많고 찾아보면 어려운 사람도 많을 거란 생각에 늘 마음이 무거웠습니다. 가스 불이 놀고 있으면 짬짬이 프라이팬에 찬밥을 눌려 누룽지를 만들어 집 떠나와 숙소에 살고 있는 남자 직원들부터 나누어 주고 조금씩 모아 친정엄마한테도 보내 드리고 했는데 프라이팬에 굽는 것이 자칫하면 태우는 때가 많아 속상했습니다. 그래서 뭐 좋은 방법 없을까? 궁리 중에 거금 4,000만 원 넘게 주고 들여놓은 오븐이 눈에 들어왔습니다. 오븐에 온도 조절해 실험 삼아 해봤더니 정말 과자처럼 잘 구워졌습니다.

요즘에는 남는 밥 하나 안 버리고 누룽지 구워 주위에 혼자 계신 어르신들도 드리고 또 지인들께도 나누어 드립니다. 추울 때 먹을 양만큼 그릇에 담아 커피포트에 물 끓여서 부어 놓으면 씻는 동안에 아주 구수한 누룽지탕이 됩니다. 드시는 방법도 함께 공유해 드리면 엄지 척 해주시며 고맙다고 하면 그 또한 나눔에서 얻는 기쁨입니다. 소소하게 작은 것도 나누면 그만큼 기쁘고, 보람되니 건강에도 생활에도 활력소가 되니 얼마나 좋은지 모릅니다. 많아서 나누는 것이 아니라 작은 것이지만 줄 수 있다는 것은 덕을 쌓는 것이라고 스님께서 일러주셨습니다. 덕을 쌓으면 내가 복을 안 받아도 대대로 복을 받는다고 나눔의 원리를 가르쳐 주셨기에 작지만, 저 자신과 아이들을 위해 나눔은 계속할 겁니다.

이맘때가 되면 방송에서는 연말을 맞이하여 성금 모금한다는

더불어사는세상이아름답다

메시지를 많이 띄웁니다. 골목 모퉁이에서 쪼그리고 앉아 야채를 팔아 큰돈을 익명으로 내놓는 어르신들이 있습니다. 또 박봉에도 조금씩 모아 독거노인 댁에 해마다 연탄을 보내고 있는 그런 분은 어떤 분일까 궁금하지만, 분명한 건 잘 먹고 잘살다가 남아서 나눔을 하는 것이 아니라는 겁니다. 쪼개고 아끼며 절약해 나눔으로 세상에 봄 햇살처럼 훈훈하고 따뜻한 빛을 주는 아주 훌륭한 사람들, 늘 존경되는 분들입니다.

나눔은 크든지 작든지 따뜻한 마음에서 실천되는 것, 물질이 아니더라도 재능기부로 어려운 이웃에게 마음을 열면 작은 것에서 큰 행복과 기쁨을 나누게 되는 셈이니까 서로에게 행복한 삶이 된다고 생각합니다. 욕심을 버리고 나누면 우선 자신이 먼저 행복을 느끼고 삶이 즐겁게 다가옵니다. 혼자서는 살 수 없는 세상인 것을 나누면서 더불어 살아가면 세상은 아름답습니다.

다정한 말은 꽃을 피운다.

『잘했다, 고맙다, 예쁘다, 반갑다
아름답다, 좋아한다, 사랑한다, 보고 싶다
기대할게, 너를 믿어, 건강해, 힘내 기다릴게.』
　한마디 한마디가 정감이 느껴지고 용기를 주는 말, 많이 듣고
싶었던 말들입니다.

　우리가 사는 세상은 참 아름답습니다.
　일상에는 의외로 소박하면서 삶에 도움이 되는 말이 많이 있
고, 너무 흔해 인사치레가 되는 말일 수도 있습니다. 진심을 담
은 말은 가슴으로 느껴지는 법, 실의(失意)에 빠져 낙심만 일삼
는 친구에게 "괜찮아 잘 될 거야 힘내, 꽃이 졌다고 이듬해에 안
피는 것 아니잖아. 봄이 오면 다시 꽃이 피듯 모든 일이 잘 될 거
야. 너무 걱정하지 마." 위로의 한마디는 마른 가지에 움이 트는
것처럼 희망을 품게 합니다.

다정한 말은 꽃을 피운다.

살아오면서 수없이 실의(失意)에 빠졌던 날들이 많아 삶을 자포자기에 빠져서 그저 세월만 원망했었습니다. 그때마다 앞집에 살면서 용기를 준 지인께서는 늘 이런 말을 해 주었습니다.

"다른 것 아무것도 신경 쓰지 마. 너는 딸 둘 잘 키워 시집보내면 엄마를 많이 생각할 것이고 그때는 네가 제일 행복하고 편한 삶을 살게 될 거니까 건강 챙겨 열심히 살자. 옛말하며 사는 날 올 거야." 지금 와서 돌이켜보면 참 고마운 말들이었습니다.

지금은 당당하게 말할 수 있습니다

주변에 저 같은 사람이 있으면 그 지인처럼 용기 주는 말로 "괜찮아 잘 될 거야. 힘내!" "괜찮아 잘 될 거야. 힘내!" "꽃이 졌다고 이듬해에 안 피는 것 아니잖아, 봄이 오면 다시 꽃이 피듯 모든 일이 잘될 거니까 너무 걱정하지 마."

작으나마 큰 힘이 되고 희망을 주는 말을 해주고 싶고, 생활에 지친 사람들에게 낙관(樂觀)하게 해 주고 싶습니다.

살아와 보니 지인 말씀대로 웃으며 살 수 있는 날이 오던걸요.

제 삶에 고마운 말로 이끌어주신 그분도 늘 건강해지시길 기도드립니다. 나의 작은 위로의 한마디가 누군가에게 빛이 되고 희망을 주어 웃을 수 있다면 참으로 기쁘고 흐뭇한 일이라 생각합니다.

여자로 태어나 두 가지 삶을 살았습니다.

한 가지는 고통과 고난을 극복하기 위한 몸부림으로 살았고,

한 가지는 사랑하는 사람을 지켜야 하는 책임감 때문에 돈이 되는 일이라면 닥치는 대로 선머슴처럼 살았습니다.

넉넉지 못한 종갓집 맏며느리로 산다는 게 힘들었습니다. 줄 줄이 딸린 식구들과 집성촌에서 도리를 갖추고 살기란 참 힘들 기만 했습니다.

가끔 당숙모에게 속을 털어놓으면 "어멈아 나이 들면 철들어 ~ 삼십 넘으면 괜찮아. 사십 넘으면 괜찮아지니까 애들보고 살 아라." 수없이 들으며 참아야 하나보다 하며 살아왔습니다. 곱 디고운 젊은 나이에 뭐가 모자라서 좋은 시절을 다 보내느냐고 걱정 아닌 걱정을 하면서 답답하게 생각하는 사람들도 있었지 만, 시간이 흐를수록 저의 마음은 더 강해지게 되었습니다.

『그래 애들 아버지는 있지만 내가 기댈 사람은 없다.』말 그대 로 한 공간에 살면서 식구들은 많았지만, 물질적으로든 마음으 로든 내가 기댈 사람은 없었고, 언제나 가장의 역할을 하면서 세 월이 빨리 흘러 애들이 성장하기만을 기다렸습니다.

늘 바다에 떠 있는 조각배처럼 태풍이 오면 어쩌나! 비바람이 불면 어쩌나! 노심초사하며 까만 밤을 하얗게 지새우기를 밥 먹 듯 하며 살다가 훌훌 털어내고 나서야 지금은 환하게 웃을 수 있 습니다.

비 온 뒤에 맑은 하늘같이 응어리진 마음은 술술 풀어지고 파 란 하늘 보면서 뛰어다니며 마음껏 웃을 수 있고, 마음대로 삶 의 꽃을 피웁니다.

다정한 말은 꽃을 피운다.

긴 겨울이 추울수록 이듬해 피어나는 꽃이 더 단단하고 곱고 아름답다고 했습니다.

왜? 이런 말 있지요.
『비 온 뒤에 땅은 더 굳어지고 고통을 이겨낸 자는 현재를 즐길 권리가 있다.』
"고통과 고난"은 제 삶에서 많은 교훈을 주었습니다. 어떤 어려움도 극복하며 살 수 있는 용기를 얻었습니다. 앞으로 살아가는 길에는 웃음꽃이 핀 길을 걸으며 많이 듣고 싶었던 말들을 저같은 심정으로 살아가는 사람들에게 많이 해 주며 살 겁니다.
『잘했다, 고맙다, 예쁘다, 반갑다
아름답다, 좋아한다, 사랑한다, 보고 싶다
기대할게, 너를 믿어, 건강해, 힘내 기다릴게.』

세상 살면서 어려움에 있는 사람들에게 용기를 주고 싶습니다. 지인이 말해 준 것처럼 저도 누군가에게 희망을 주는 메시지를 전하여 좌절하지 않고 꽃을 피우기를 간절하게 소망합니다.

나눔은 행복이다

찬바람이 살갗을 파고드는 한겨울이 되면 먼저 떠오르는 것이 독거노인들과 빈민촌에서 어려움을 겪는 사람들이다. 한해의 끝자락에 다다르면 언론이나 방송에서는 기부에 대한 이야기가 많이 전해진다. 대기업 회장님을 비롯하여 공공단체, 연탄 나눔과 반찬 나누기 등등 크고 작은 손길이 어려운 이웃을 위해 나눔을 한다. 또 나라를 위해 밤낮없이 고생하고 있는 국군장병에 대한 고마움을 조금이나마 보답하고자 국군장병 위문금도 모금한다. 많은 금액은 아니지만 직장에서 의례적으로 행하여지는 연말 모금에는 꼭 동참하는 편이다. 단돈 만 원이라도 기부하고 나면 마음은 흐뭇하고 따뜻해진다. 작은 돈이지만 모이고 모여 크게 쓰인다고 생각하면 행복은 배가 되고 기쁜 마음은 두 어깨를 활짝 펴게 만들어 건강에도 도움이 된다.

엊그제의 일이다. 2023년 한 해를 마무리하는 한마당 큰 잔치가 열렸다. 몸담고 있는 대한문인협회에서 제78회 대한문학세계 신인문학상 시상식, 2023 연말 문학대상 시상식이 있었다. 날마다 적자로 힘든 상황인데 회원들의 자질 향상을 위하여 해마다 지극정성으로 베풂을 하시는 이사장님과 관계자 여러분이 고맙기만 했다.

사시사철 때때마다 식사도 거르며 행사 준비에 노고가 많은데 내가 할 수 있는 일이 없을까? 생각하던 중에 지금까지 잘하는 것이 밥하는 일이었다. 신선한 행사장에 음식 냄새가 펄펄 나면 안 되어서 간단히 요기를 때울 수 있는 김밥과 음료, 쪽 케이크를 준비했다. 조금만 부지런하면 되는 일, 새벽 4시에 일어나 두 솥에다 밥을 하면서 김밥 소를 만들면서 피곤함은 1%도 없고 콧노래만 흥얼거리게 했다. 누군가를 위한 먹거리 준비할 때가 언제나 행복하다. 물론 직장에서 대량의 식사 준비를 할 때는 짜증이 나고 힘겨울 때가 많지만 소량의 음식을 만들어 좋은 사람들에게 나눌 때는 행복한 마음에서 만든다. 고속도로가 막힐까 봐 조금 일찍 출발했는데 중간에 사고가 있어서 예상 시간보다 거의 1시간 정도 지연되어 식사 때에 못 맞추면 하는 걱정에 편집국장님께 가고 있음을 알리고 안전하게 도착해 도시락 전달하고 나니 마음은 또 행복으로 부자가 되었다.

며칠 전부터 기다려졌던 날이었다. 처음에는 서먹해서 행사에 참석해도 꿰다놓은 보릿자루처럼 겉돌았다. 만 삼 년을 넘겨보니 이제 제법 친숙한 얼굴들이 많다. 먼저 인사 건네주는 사람들도 많아 어색함은 많이 사라진 편이다. 한 가지 아쉬운 점은 지회 시인들과 함께 버스에 동승하지 못해 추억을 남기는 사진을 찍지 못한다는 점이고, 아직도 지회 시인들과는 서먹한 구석이 종종 있다. 가을 문학기행 때 한 번 버스에 타 보았는데 물에 기름 도는 듯한 느낌이 들었다. 화기애애했던 버스 안의 광경이 못내 아쉬운 마음이 커서 작지만, 흐뭇한 정을 나누고 싶어 언제부턴가 누룽지 굽기를 했다. 요즘 누룽지 구워 지인들과 나누는 재미에 홀딱 빠져 사랑하는 시인들과도 나누고 싶어 열심히 만들었다. 큰 자루로 다섯자루 만들어 베란다에 두었는데, 두 딸이 보고 기겁하며 "엄마 일 또 만드네." 하며 한심스럽다는 것인지 걱정스럽다는 것인지 묘한 표정을 지었다. "예. 엄마 이런 일 안 만들면 병 난 거야." 그랬더니 "그래도 그렇지 작은 베란다에 가득 싸 놓았네. 손이 왜 그렇게 크냐"며 질색했다.

두 딸 가족 보내고, 비닐 지퍼 백 사다가 나누어 담는 일 역시 꽤 오랜 시간이 걸렸다.

제78회 대한문학세계 신인문학상 시상식, 2023 연말 문학대상 시상식 때 참석하는 같은 지회 문우님들 하나씩 나누어 주려고 인원수 파악해서 45봉 담아 박스에 담다 보니 큰 상자로 3박스나 되었다. 담아 놓고 보니 이 또한 나에게는 행복이었다. 그렇게 많던 누룽지가 나누어 담으니까, 각자에게 돌아가는 양은 적지만, 이 추운 날에 따뜻하게 누룽지 차 해 드시면서 하루의 피로를 풀어낼 수 있다고 생각하니 흐뭇했다.

점점 각박해지는 세상이지만 작은 나눔에서 얻어지는 행복이

나눔은 행복이다

주는 에너지는 삶에 큰 밑거름이 되어 마음의 곳간을 채워 주니 이 또한 큰 행복이다.

큰살림을 좌지우지하다 보니까 손이 커진 탓도 있고, 늘 잔반 처리할 때 죄책감이 있었기에 남는 밥을 버릴 때는 마음이 더 안 좋았습니다. 자랄 때는 배부르게 먹지도 못했던 밥인데, 밥 대신 밀가루와 보릿겨 반죽해서 호박잎 위에 빵과 보리 개떡 만들어 쪄 먹던 시절은 잊고 낭비하는 것 같아 죄인이 된 것처럼 쥐구멍에라도 숨고 싶었다. 초등학교 시절에는 급식으로 빵이 나오면 빨간 양동이 들고 교무실에 가서 빵 배급받던 때가 있었는데 까마득히 잊고 살았다.

지금도 주위를 둘러보면 안타까운 사람들이 많다. 양식이 없어서가 아니라 거동도 불편하여 제대로 챙겨 먹지 못하는 이웃들이 있다. 또 직장 따라 가족과 집을 떠나 지내는 가장들이 많다. 집에서 안식구가 챙겨 준 것을 가져와 일주일 동안 숙소에서 생활하다가 주말이면 가는데 그 모습들이 애잔해 수고스러움을 감내하고 남은 밥을 이용해 누룽지를 구워 나누어 준다. 규칙상 잔반 처리가 다 되어야 한다고 하지만 선의의 나눔을 하는데 문제가 안 된다고 생각한다.

불교에서 이르기를 복 중의 복을 짓는 일은 공양 복이라고 배웠다. 지역 작은 사찰에 가면 법당부터 들러야 하는데 으레 공양간에부터 들어가 공양 짓는 일을 한다. 사소한 일로 얻어진 별명이 밥 엄마인데 맞는 말이다. 몇십 년을 밥하는 일을 했으니까 당연한 호칭이고 귀에 익숙하다. 얼마 남지 않은 시간이지만 나의 수고가 누군가의 따뜻한 밥 한 끼에 보탬이 된다면 나눔을 하면서 명예로운 퇴직의 그날까지 직장 생활에 충실해지고 싶다.

요즘, 행복 찾기에 여념이 없는 날들이다. 행복은 누구의 것을 부러워하지 말고 내 안에서 만들어야 한다고 한다. 친구와 둘이 함께 줌을 통해 작은 독서 모임 하다가 꼭 해 보고 싶었던 외국어 공부를 하는 것을 알고 얼마 전에 시작했다. 서툴지만 공부하는 시간이 기다려지고 여러 종류의 강의를 들으면서 자아 성찰하는 시간이 아주 고맙다. 오늘 새벽 6시에 무료 강의 "절대 행복 이론"이란 주제의 강의가 있어서 일찍 일어나 들었다. "행복한 미래를 위해 오늘 무엇을 하고 있을까?"에 대해 유익한 강의를 해 주신 강사님께 기회가 된다면 또 유익한 강의를 듣고 싶다. 친구 따라 강남 간다는 말이 있듯이 함께 공유하고 배우다 보니 꼭 하고 싶었던 공부를 하면서 훌륭한 선생님도 만나고 여러 방면에서 배울 수 있는 길이 열리고 있어 행복한 삶을 만들어가고 있다.

세계적인 학자 Albert Einstein 가 한 말이 생각난다.
"어제와 똑같은 하루를 살면서 다른 미래를 바라는 것은 정신병 초기 증세다."
행복하기 위해서는 내가 할 수 있는 사소하고 작은 일부터 시작해서 한 걸음씩 나아가 성취하면 그것이 곧 행복이라고 생각

나눔은 행복이다

한다. 상대를 통해서 받는 행복도 있지만 내가 가지고 있는 것을 나누면서 모두가 행복한 삶을 살았으면 하는 바람이다.

양심에 구멍 난 세상

　어제 그리고 오늘, 내일도 모래도 많은 생각이 일상에 걸림돌이 될 것입니다. 보험이 몹시 어려운 처지에 효자 노릇을 해 줄 때 정말 감사합니다. 저 역시 돈이 없이 살수록 보험이 꼭 있어야 한다고 생각하고 살았습니다. 지금 역시 그런 생각으로 노후 건강을 대비해 이런저런 보험을 준비하고 있습니다. 아주 오래 전에 준비한 보험이 80세에 만기가 되어 그 후로는 아무리 아파도 혜택을 받을 수가 없습니다. 그때 가입할 때는 고령사회를 전혀 가늠하지 못했던 때입니다. 80세 살면 아주 고령이라고 생각했던 시절이었으니까요. 지금은 보험 나이가 100세~110세까지라 합니다. 저도 80세 후에 아무런 준비 없이 어려운 일을 당할까 봐 두어 개의 보험을 준비했습니다.

　우리나라처럼 국민건강보험이 잘 되어 있는 나라는 없다고 봅니다. 개개인의 생각에 차이가 있겠지만, 4대 보험인 고용보험

산재보험 의료보험 국민연금은 정말 국민들에게 필요한 보험들입니다. 물론 그 혜택을 누리기 위해 세금도 많이 내지만 살아가면서 꼭 필요한 보험들입니다. 이런 보험 외에 각자 개인적으로 가입한 보험들이 꽤나 여러 개씩 있을 겁니다. 제가 서두에 보험 이야기를 늘어놓고 있는 이유는 제가 요즘 보험 때문에 잘못 없이 접촉 사고 가해자가 되었기 때문입니다.

어제 아침 출근길에 일어난 일입니다.

직장에서 업무가 바쁠 때는 새벽 5시부터 출근을 해 하루를 시작해야 합니다. 비가 오고 눈이 내리면 안전에 늘 불안하고, 봄가을에는 안개가 많이 끼는 지역이라 될 수 있으면 월요일에 출근해 금요일에 집으로 들어옵니다. 일 년의 바빴던 계획이 마무리되었고, 밤에 개인적으로 줌으로 배운 것이 있어서 수업 들으려고 지난 목요일에 집에 와서 잤습니다. 며칠 잠자리가 편치 않았습니다. 꿈자리도 뒤숭숭하고 뭔지 모르게 불안해서 운전하는 것도 조심하고 일상생활도 매사에 말조심하면서 신중히 처리했었는데, 저의 느낌이 비껴가지 않았습니다.

비가 오기에 조금 일찍 나섰던 출근길이 어쩌면 불운으로 이어졌다고 생각합니다. 지하 주차장을 벗어나면서도 방향지시등을 제대로 켜고 출구 차단기가 열려 진입해서 나서면 바로 도로여서 잠시 멈추어 좌측 방향지시등 켜고 좌우를 살피고 있는데 조수석 백미러와 유리창에 시커먼 물체가 덮쳐 기겁해서 쳐다보니 우산 쓴 젊은 남자였습니다. 놀래서 창문을 내려 보니 "아유 죄송합니다." 라고 했습니다. 저는 놀란 상태에서 "어머 깜짝이야! 안 다치셨어요? 그렇게 오시면 어떡해요?" 하고는 뒤에서 계속 차가 밀려 나오는 상황이라 사진도 못 찍어 놓고 차를 빼서 모퉁이에 세워 놓고 상대방이 다쳤을까 걱정하면서 물었습니다. 어디 다쳤느냐 등등 물으며 어쨌든 차와 사람 간의 접촉이라 전화번호 주고받으며 어디 사는지 확인하고 불안한 출근을 했습니다. 나중에 운행하려고 보니까 조수석 백미러가 접혀 있었습니다. 영문도 몰랐으니 그 와중에 사진 찍는 것을 놓쳤습니다. 지금 생각하니 너무 바보스러웠습니다. 직장에 도착해 몸 상태가 어떤지 예의상 물었더니 왼쪽 옆구리가 조금 뻐근한데 좀 더 보고 병원에 가겠다고 했습니다. 저도 일을 어떻게 처리해야 할지 몰라 블랙박스 확인하고 자동차보험에 상황을 이야기했더니 무조건 사고 접수를 하라고 했습니다. 그래서 내가 사고를 낸 것이 아니라 그 사람이 서 있는 차에 와서 우산 쓰고 전방 미확보로 부딪친 것이라고 해도 사고 접수하라고 했습니다. 이런 황당한 일이 어디 있을까 하는 생각을 했지만 어쨌든 아프다니까 상대방에서 어떤 결론을 내릴지 뻔했지만, 기다렸습니다. 오후 되니까 병원에 가야 한다고 해서 어디가 몹시 아프냐고 했더니 옆구리는 안 아픈데, 충격에 뒷골이 뻐근하다고 했습니다. 아니 왜 차에 받힌 것이 아닌데 뒷골이 당기냐고 했더니 무조건 병원 간다고 보험 접수해달라고 해서 보험사에 문의했더니 사람과 차 관계라 해야 한다고 했습니다. 이런 경우가 어디 있는지 황당했습니다. 블랙박스 영상이 시간이 되면 사라질까 다운로드해서 보험사 직원에게 넘기고 아파트 관리실 영상

양심에 구멍 난 세상

을 퇴근해서 보겠다고 예약해 놓고 와서 보니 서 있는 차에 일초 망설임 없이 와서 부딪쳤습니다. 관리실 직원도 "저 사람 그냥 들이댔네!" 하면서 놀랐습니다. 이런 상황에 밤새 못 자고 영상에 온 정신이 묶여 괴로웠습니다.

그 사람뿐만이 아니고 요즘에는 개인 보험을 미끼로 아주 작은 건수라도 생기면 무조건 안 했던 건강검진 해보자는 맘보로 병원에 눕습니다. 본인들도 운전하고 다니면서 한 치 배려와 양심 없는 세상이 된 것이 안타깝습니다. 분명 그 사람도 자기 잘못인 줄 알았기에 먼저 미안하다고 했을 것인데 보험금 몇 푼에 양심을 팔고 있습니다.

그 일 때문에 일 못 했다고 일당도 챙길 것이고, 놀랐다고 보약도 챙겨 먹을 것입니다. 서 있는 차에 시동이 걸린 것이 잘못이라고 판단하고 차주에게 불이익을 주는 것이 맞는 것인지 이해가 안 갑니다. 그럼 차 도로에서 시동을 꺼 놓아야 옳다고 판단한다면 거기가 주차장이지, 도로에 속하는가 생각하게 합니다. 보험의 노예가 되어가는 세상이 안타깝고 양심에 커지는 구멍이 분명 자기 자신에게도 돌아갈 것이라는 생각조차 못 하는 사람들이 한심합니다.

보험사에 계시는 분들도 많은 개선이 필요하다는 생각이 많이 들었습니다. 무조건 차주가 불리하게 몰고 가는 일은 없었으면 좋겠습니다. 사람 보호 차원에 우선이라는 것 알지만, 최소한 억울한 생각을 들게 해서는 안 된다고 봅니다. 그 회사를 믿고 보험계약을 한 고객이니까 믿음을 갖게 해주었으면 좋겠습니다. 초심을 잃지 말고 고객의 입장을 살피는 해결사가 되어 주기를 간절히 바라봅니다.

물론, 살아가면서 보험이 필요합니다. 저 역시 필요해서 준비했으니까요. 하지만 이번에 제가 겪은 일처럼 누군가에게 손해를 입히면서 자기 이득을 추구하는 그런 삶을 살지는 말아야 한다고 다시 절실히 느낍니다. 완벽하게 투명한 삶을 살고 있는 사람이 몇이나 되겠습니까?

저 자신도 모르게 양심에 구멍을 내고 살았을 때가 있겠지만, 앞으로는 청렴한 마음으로 돈 몇 푼에 양심에 구멍 내고 남은 삶에 흠집이 생기도록 살지는 말아야겠다고 다짐하는 계기가 되었습니다.

갇힌 시간 속의 행복한 날들

코로나-19에 감사해야 하는 걸까?

지난 3년 동안 감염에 발이 묶여 2년 동안은 아예 출근해서 점심 한 끼 해주고 하루 종일 지루하게 보냈고 감염 방역 수칙이 완화된 올해 9월부터 조금씩 일정이 잡혀 대면 연수가 시작되었지만, 그전처럼 몇 백 명이 모여 숙박하는 집합 연수는 흔치 않을 거라고 한다. 앞으로도 바쁘게 진행되는 연수 계획은 없을 거라는 관계자들의 말을 듣자면 요즘엔 줌(zoom)교육이 활성화되어 온라인 교육으로 실시할 예정이라고 한다.

코로나로 혜택 받은 일이 많은 날들이었다.

늘 부러움의 대상이었던 운동, 대기업 회장님과 부잣집 사모님만 치는 줄 알았던 골프도 배우면서 새로운 세계를 경험하고 나의 체력이 이렇게 남다른 줄 새삼 알았다. 초등학교 시절 배드민턴 선수를 해보라는 권유를 받고 뙤약볕에서 잠깐 운동한 적은 있었지만, 운동에 관심이 있는 줄 몰랐다. 골프 배우는 과정에서 모든 면에 빨라 개인지도 해 주는 프로가 늘 칭찬했고 어려서 시작했으면 이름 좀 날렸을 거라고, 그 소리는 참 기분 좋은 칭찬이었다.

또 하나, 포기하고 있었던 문학소녀의 꿈도 이룰 수 있었다.

언제 끝날지 모르는 코로나-19 감염 확산에 그냥 손 놓고 잊지 말고 무언가 찾아서 해야 했기에 지난날을 살아오면서 힘들거나 지치고 말 못 하는 일들을 노트에 끌쩍거려 놓은 것이 눈에 띄었다. 어느 날 후배 되시는 분이 먼저 시를 쓰면서 시 낭송을 하셨는데 시를 써보라고 권유했다. "아유 내가 무슨 시를 써요? 자질이 안 돼요." 했더니 선배님은 할 수 있다면서 용기를 주고 추천해 주어 시 부문 등단은 2020년 3월에 했다.

시를 쓰다 보니 필자에게 너무 가까운 친구이었다. 부족하면 부족한 대로 쓰고 또 쓰면서 배워가는 게 너무 행복하고 좋았다. 서재를 오가면서 훌륭하신 분들의 글에서 많은 도움을 얻었고, 댓글과 답 글을 나누면서 또 한 편의 시가 되는 과정을 보며 "아! 이런 것이 문학이구나." 깨달았다.

그러다가 시보다는 수필에 먼저 구미가 당겼었기에 수필에도 도전장을 내어 2022년 2월에 수필 부문에도 당당하게 통과하게 되었다.

수필 심사에 통과했다고 대한문인협회 김락호 이사장님께서

179   *갇힌 시간 속의 행복한 날들*

직접 전화 주셔서 "시인님 언제 수필을 그렇게 잘 쓰셨어요?" 하시는데 감사한 마음에 제대로 인사 말씀도 못 드렸던 기억이 난다.

물론, 기뻐서 입 꼬리가 귀에 걸렸었다. 한때에는 문학소녀가 되고 싶었는데 황혼 길에 접어들어 글 꽃을 피우는 지금이 참 행복하다. 부족한 부분이 많았는데 과분한 수상도 많이 해서 행복은 두 배였다. 글을 잘 써서 이기보다는 더 열심히 하라는 채찍으로 생각하고 열심히 글 꽃을 피울 것이다. 뭐니 뭐니 해도 "황혼에 피는 꽃"은 색깔도 더 곱고 향기도 더 짙어 천리만리 날아가서 사랑을 듬뿍 받을 거란 믿음을 가져본다.

오늘은 한 해의 업무를 마무리하는 2022년 12월 30일 마지막 금요일, 흔히 말하는 불타는 금요일이다. 나름 유종의 미를 거두었나 하고 되돌아보며 사무실 책상 앞에 달랑 한 장 남은 달력을 보며 이런저런 지난 시간을 돌이켜보며 행복한 일들이 많았던 시간을 글로 남겨 놓는다.

코로나-19 감염으로 서로서로 벽을 쌓고 입을 가리고 지낸 시간을 보내며 유명 작가는 아니래도 시인, 수필가로 성장하고 있어 아주 고맙다. 고운 낭송으로 유튜브에 이름을 알려 주신 박*애 시 낭송가님께 깊은 감사의 말씀 드리고 싶다.

한 해를 보내며 고마우신 분들이 아주 많은데, 일일이 인사는 못 드리고 인연이 된 모든 분이 새해에는 더 건강하시고 알찬 계획으로 행복한 날들 보내시기를 진심으로 기원한다.

  코로나-19로 3년 동안 갇혀 지낸 시간이 어쩌면 살면서 최고의 성과를 낸 시간이다. 그냥 손 놓고 있었으면 아무것도 못 했을 것인데 글을 쓰도록 도와주신 분들에게 한 해를 보내면서 감사하고 또 망설임 없이 도전 한 자신에게도 "참 잘했다." 스스로를 쓰다듬어준다.
  "도전하면 꿈은 이루어지고, 꿈을 꾸는 자는 행복을 잡는다." 는 말을 밑거름으로 도전은 계속될 것이다.

제6부 꽃길을 걸으며

동행

만남과 헤어짐이 연속인 공무원들의 인사이동!

지금까지 30년 동안 수많은 사람을 만나고 또 헤어졌다. 정작 사랑을 많이 받아야 마땅했던 가정에서는 홀대받았지만, 직장 생활하면서는 많은 사랑을 받았다.

첫 번째 직장에 이어 지금 근무하는 곳이 두 번째 직장이다.

가정사가 힘들어 모든 걸 내려놓고 옮겨 오게 되었는데 텃세가 심했다. 직급이 다른데도 아래 직원들도 지역 사람 말을 우선으로 여겼다. 연고자 하나 없이 오로지 혼자만이 감내해야 하는 타향살이였지만, 지난 삶을 견뎌온 의지로 맡은 일에 최선을 다했다. 몇 해 지나니 텃새도 기싸움에 불과했고 차츰 손을 내밀어 도움을 청하고 잘 따라와 별 탈 없이 지내고 있다.

많고 많은 사연 읊으면 무엇 하겠는가? 진심은 언젠가는

동행

알게 되는 것을... 나름대로 타향살이에 외롭고 텃새에 시달릴 무렵 더없이 좋은 친구를 만났다. 나이도 갑장이고 성격도 털털하니 시원시원한 친구!

때론 스승 같은 친구, 연인 같은 친구, 형제 같은 친구와 함께 할 수 있어서 타향에서의 생활이 외롭지 않아 진심으로 감사하다.

서로의 아픔은 감싸 안고 아름다운 마음을 바라보며 조석으로 오가는 안부 속에 더없는 기쁨으로 웃을 수 있기에 이 또한 큰 행복이다. 세상사 고단한 삶 속에서도 꾸밈없는 사랑으로 용기를 주고 힘을 실어주는 친구가 정말 고맙다.

세월이 성큼성큼 달음박질한다.

시간이 너무 빠르다는 걸 실감하면서 밀어내지 않아도 가는 게 세월이니, 세월의 끝자락 부여잡고 씨름하기보다는 황소걸음으로 느릿느릿 갔으면 좋겠다. 더디 간다고 뭐라 할 사람 없으니 말이다.

봄이면 꽃향기 풀냄새에 입맞춤하고 살랑거리는 봄바람 타고 모양새 나는 여행도 하고 싶다. 여름이면 수양버들 늘어진 개울가에 발 담그고 앉아 수박 깨뜨려 먹으며 시냇물이 불러주는 자장가에 낮잠 한숨 자보자. 오곡이 풍성한 가을엔 주렁주렁 매달린 과일 닮은 땀방울 닦아 주고, 하얀 눈 내리는 날 난롯가에 마주 앉아 국화 향 가득한 차 한 잔에 추억을 풀어 놓고 싶은 친구와 함께 황혼을 즐기고 싶다.

얼마 남지 않은 정년 후에는 봄여름 가을 겨울 계절의 변화도 여유 있게 바라보며 시냇물의 속삭임도 귀 기울이고, 구름 흐르듯 흘러 낙엽 뒹구는 소리도 가슴에 담아 너그러운 마음으로 그렇게 잡은 손 꼭 잡고 동행을 했으면 한다.

이제는 자신에게 말한다. 모든 일에 참는 것이 능사가 아니니까 아프면 아프다고 쓰면 쓰다고 달면 달다고 투정도 부리면서 살라고 했다.

웃을 수 있을 땐 맘껏 웃고, 울고 싶을 때 목 놓아 울 수 있는 나로 살고 싶다. 수없이 참고 살아온 날들은 씻어낼 수 없는 상처로 남았지만, 앞으로의 삶은 오로지 나만을 위한 삶을 살고 싶다. 더 나를 사랑하고 친구를 내 몸같이 소중하게 여기며 고개 숙인 나락처럼 겸손하게 익어가는 삶을 살리라.

한 발 뒤에 서서 바라봐 주고, 한 발 앞에 서서 끌어 주면서 어느 날 동행의 끝자락에서 슬며시 손을 놓아버려도 영원히 가슴속 깊이 남아 있을 친구와 진솔한 속내를 드러내 서로에게 마음을 나눌 수 있음에 참 감사하다. 다정한 친구가 있기에 하루 또 하루를 살아가고 있다.

동행

친구야 / 염경희

자네도 빈손, 나도 빈손
우리 모두 빈손으로 갈 텐데
있다고 오래 살고 없다고 적게 사는 인생이 아닌 것을
뭐 그리 아등바등하는가

백 년도 못 사는 인생길 천년을 살 것처럼
욕심내고 고민하고 시기하는 삶을 사는가
빈손으로 왔다가 빈손으로 가는 길
한번 왔다가 한번 가는 인생 즐기면서 살다가
웃으면서 여행을 끝내야 한다

살면서 한 가지 욕심낼 것이 있다면
친구에 대한 욕심이야
백 년을 여행하는 동안 버거운 때가 오면
가장 곁에 두고 싶고 아주 그리울 사랑

노년의 행복이 진정한 행복이고
노년의 친구가 많다는 것은
인생에서 가장 큰 선물을 받은 것이다

세월이 가면 누구나 늙어가지만
친구와의 우정은 익어가는 것이고
몸은 늙어도 사랑은 깊어져 가는 것
욕심은 버리고 마음은 내려놓고
그렇게 친구와 함께하고 싶은 마음 간절하다

친구야!
우리 얼마나 같이할지 모르지만
지금처럼 서로를 향한 마음 간직하고
손을 누가 먼저 놓든 간에
몸은 보내 주고 정은 가슴에 묻자
친구야 나는 네가 참 좋다.

제목 : 친구야
시낭송 : 조한직
스마트폰으로 QR 코드를 스캔하면
시낭송을 감상할 수 있습니다

동행

돌아보는 한 해

　한 해의 끝자락, 그동안의 허물을 덮어주고 싶어서 모두가 잠든 까만 밤에 하얀 꽃가루를 곱게 뿌려 놓은 듯합니다. 하얀 눈이 소복이 쌓인 창밖의 경치를 보니 고향 집도 생각나고, 잊고 지냈던 친구들도 많이 그리워집니다. 부스스한 차림으로 하얀 세상과 마주하기 부끄러워 매무새 가다듬고 친구가 만들어준 다홍색 비트 차 한 잔에 추억을 소환하는 시간입니다. 김이 모락모락 올라갈 때 어리는 향기에서 친구 냄새가 납니다. 고향 집 처마 밑에 달린 고드름 따 먹던 기억도 떠올라 마음은 고향 집 뜨락에 앉아 있습니다. 솔가지에 쌓인 눈은 마치 하얀 크리스마스 트리처럼 아름답습니다. 물끄러미 창가에 서서 곱고 하얀 트리에 올해의 일들을 하나하나씩 매달아봅니다. 올 한해는 어떤 기쁜 일들이 있었으며 또, 어떤 일들이 나를 아프게 했을까 되돌아보니 많은 일들이 있었습니다. 작년 이맘쯤에 세운 계획들이 꽤 되었었는데 지금 와서 보니 이룬 것은 별로 없어서 올해는 많은 계획을 세우기보다는 작지만 알차게 할 수 있는 것 위주로 세워야겠다는 생각을 해 봅니다.

올해가 토끼해였고, 나도 토끼띠라 나름으로 열심히 달렸습니다. 1월부터 12월까지 달려오면서 많은 것을 얻었습니다. 글을 쓰면서 많은 기쁨이 있었습니다. 최고의 기쁨은 시집 출간을 한 것입니다. 등단한 지 얼마 안 되어서 많이 망설였었는데 용기 내 출간하고 나니 뿌듯함은 배가 되었습니다. 또 신춘문학상, 짧은 시 짓기, 순우리말 글짓기 경연에서 놓치지 않고 수상한 것도 너무 소중한 자산이었습니다. 더 열심히 하라고 채찍을 준 것으로 생각하고 내년에도 더욱 나은 실력으로 경연에 참여하여 겨룰 것입니다. 토끼가 토끼해를 만나서 잘 달려온 한 해였습니다.

반대로 사람 관계는 잃은 것이 있어서 아주 힘들었습니다. 제 일을 보조하는 친구들이 한꺼번에 둘이 함께 그만두어 급식하는 데 어려움이 많았습니다. 4명이 하던 일을 2명이 하기에는 매우 벅찼기에 그만둔 사람들 몫을 해내느라 제 생활이 엉켰습니다. 운동도 못하고, 글 쓰는 것도 미루게 되어서 몸과 마음이 많이 지쳤었는데 요즘에는 1년의 계획이 다 마무리되어 한가한 시간을 보냅니다.

점점 갈수록 힘든 일은 기피하고 돈만 더 달라는 세상이 왔습니다. 주위에 보면 해 보지도 않고 겁을 내는 사람들뿐입니다. 아직 직원 채용이 안 되어서 내년에도 많은 차질이 있어서 많이

돌아보는 한 해

걱정입니다. 지난 두어 달간은 연수 계획에 차질이 생기면 안 되기에 두 사람 데리고 점심만 해 주고 아침과 저녁 급식은 위탁업체에 맡겼는데, 한 선생님이 배탈이 났다고 해서 난감한 적도 있었습니다. 견해차이겠지만 직영 급식만은 못하리라 봅니다. 배달 과정에서 온도 차이도 날 것입니다. 먹는 입장에서도 차이가 크게 있었을 것이라 봅니다만, 식중독은 아니고 단순 배탈인데 불만 건의가 있어서 아주 힘들었던 적이 있습니다. 속히 직원들이 채용되어야 내년에도 원활한 급식이 될 텐데 걱정입니다. 올해는 인력 때문에 매우 힘든 해였습니다.

다가오는 해에는 용의 기운을 받아 힘차게 풀어나가는 해이기를 바램하며 나름 계획을 세워봅니다. 어디서든지 모든 일들이 술술 풀렸으면 합니다. 힘들었던 만큼 얻어진 것도 많은 한 해를 보내며 감사함이 큽니다. 서재에 상장과 상패가 하나씩 늘어나고 있어서 흐뭇합니다. 거실에는 아끼는 시들이 액자에 곱게 들어앉아 있어서 눈을 즐겁게 해 줍니다. 딸들이 하는 말을 빌리자면 나중에 저것을 다 어떻게 할 것이냐고 걱정스러운 말 합니다. 그 말에 "걱정도 팔자다." 관리 못 하게 되면 알아서 처리한다고 했습니다.

한 해를 돌아보며 하얀 눈이 소복이 쌓인 들녘에 상상의 나래를 펴면서 새로운 도약을 위한 다짐을 하는 시간이 참 행복합니다. 이렇게 나만의 시간을 즐길 수 있다는 것 자체만으로도 지난날의 고된 길이 치유되는 것 같아 기쁩니다. 앞으로는 바람의 그림자도 비껴가는 꽃길만 걷고 싶습니다. 그 꽃길은 스스로 만들어 갈 것입니다.

돌아보는 한 해

청춘아! 쉬어가렴

이만큼 살아오면서 우여곡절이 참 많았습니다. 반평생을 넘어 돌아보는 지난날이 왜 그렇게 힘들었을까? 남들처럼 평탄한 삶을 추구하지는 않았지만, 노력한 만큼 기대에 못 미치고 또 다른 어려움이 먼저 앞을 막아설 때면 기댈 곳 하나 없는 처지를 원망만 했습니다. 열심히 살아보겠다고 발버둥 치면서 목표를 세워놓고 거의 코앞에 다다르면 꿈에도 생각하지 못했던 일이 자신 아닌 타인에 의해 무너질 때 온몸에 맥이 풀려 몇 날 며칠을 허탈함에 허덕이며 몸을 망가뜨렸습니다.

요놈의 신세는 왜 이럴까? 무슨 팔자를 이렇게 타고 태어났을까? 흙수저 말고 금수저 물고 태어났으면 얼마나 좋을까 하는 생각을 하다가도 모두가 부질없는 일이고, 그런 생각하는 자체가 사치에 불과했습니다. 부정하고 원망해도 아무런 소용이 없고 현실은 또 나의 몫일 뿐이었습니다.

지금은 하루가 아까운 청춘을 그때는 세월이 빨리 가기를 바랐습니다. 얼른얼른 아이들이 커서 제 자리 찾아가면 다른 길을 택할 것이라고 누누이 마음먹으며 지내온 날들이 꿈이 아닌 현실이 되었습니다. 재촉했던 젊은 날의 청춘은 잃어버렸지만, 지금은 꼭 잡아두고 싶은 청춘입니다.

일 년을 봄여름, 가을, 겨울 사계절로 나누는 것처럼 삶을 나눈다면 지금 살아가고 있는 때는 가을입니다. 새봄에 마른 땅을 개간하여 씨를 뿌리고 천지의 도움을 받아 열매를 하나하나 맺게 한 노력이 가상해서 한 번의 기회를 준 것 같습니다. 모진 비바람을 잘 견뎌 낸 것에 대한 보상을 받은 것처럼 부자로 살고 있습니다. 삶의 질이 향상되어 풍요롭고, 노력한 만큼 거둘 수 있는 수확의 계절을 살고 있습니다.

이제는 노력해서 얻은 것을 타인에 의해서 잃어버리는 일은 없습니다. 온전히 내 것으로 간직되고 내 의지로 나눔을 하는 즐거운 삶을 삽니다. 혹시라도 시샘하는 누군가가 있어 상처 날까봐 늘, 겸손을 바탕으로 살려고 노력하며 익어갈수록 고개를 숙이는 나락들처럼 기쁨을 주는 삶으로 가을의 청춘을 잡고 싶습니다.

이날을 기대하면서 거침없이 달려온 시간이 파노라마처럼 새벽녘 하늘에 그려집니다. 부모 품을 벗어나면서 기대했던 봄의 청춘은 길지 않았습니다. 아무리 노력해도 꽃을 피울 기미는커

청춘아! 쉬어가렴

녕 새순이 돋아나기도 쉽지 않았습니다. 고개를 들면 밟히고 꺾였던 때가 지금도 가슴 아프게 합니다. 정신적 고통과 육체적으로 시달려 몸은 비리비리 말라 큰 병에 걸린 것 아니냐는 이웃 사람들의 걱정이 컸었고, 마음 놓고 잠조차 잘 수 없었던 날이 지금 생각하니 최고로 헤쳐 나오기 힘든 시기였습니다.

　지금 그 시절을 견디게 한 딸아이가 시집가서 선물 준 두 손녀가 새근새근 자고 있습니다. 오늘 작은 수술을 하는 날이라 어제 데려다 놓고 갔습니다. 초등학교 3학년과 5학년이 되는 두 손녀딸 보면서 내 딸아이 어릴 적 모습이 떠오릅니다. 잘해주기는커녕 어린 마음에 부모들이 상처 준 일들만 생각납니다. 딸아이는 손녀들을 며칠 떼어 놓으면서 가슴이 아파 울고 갔는데 나는 너무 많은 상처를 주었구나! 이런저런 생각에 잊힌 일들이 또렷이 생각납니다. 모진 세월 그래도 잘 참아 두 딸아이가 보금자리 만들어 잘 가꾸며 살아가는 모습을 보는 지금은 가을의 청춘입니다.

　이 가을의 청춘을 멈추게 했으면 좋겠습니다. 수확 시기를 잃어버렸던 많은 날을 되찾아 이 가을을 즐기고 싶은 욕심이 가득합니다. 팔자타령했던 시절을 모두 잊고 마음껏 즐기고 싶은 가을입니다. 100세 시대에 내 나이는 젊은 날입니다. 지금부터 하고 싶었던 일, 미루는 일 없이 해서 따뜻한 겨울나기 준비를 단단히 해 두어야겠다는 생각입니다. 그래야만 혹한의 추위가 와도 잘 견디게 될 겁니다.

멀리 동녘 하늘이 빨갛게 물들고 있습니다. 청룡의 기를 받아 열심히 달려 마음의 양식을 쌓고 겨울이 올 때까지는 가을이란 청춘에서 많이 머물고 싶습니다. 청춘을 되돌릴 수 없으니 즐기며 쉬어가고 싶습니다.

"청춘아, 쉬어가면 안 되겠니?"란 물음표를 남겨 보는 기분 좋은 날입니다. 지금까지 독자분들께서도 힘겨운 일을 많이 겪고 살아오셨다면 지금의 나이가 제일 좋은 나이라고 합니다. 자식들 시집 장가 다 보내고 오붓한 삶의 시간입니다. 이제는 자기 삶이 중요하다는 것을 절실히 느끼는 때입니다. 여러분들도 가을이란 청춘에 머물러 즐겨 보시길 바랍니다.

청춘아! 쉬어가렴

일탈의 묘미

철없던 사춘기 시절에 누구나 한 번쯤은 집을 떠나 혼자만의 낭만을 즐기고 싶었을 것입니다.

집을 벗어나 친구들과 추억을 만들고 싶어서 삼삼오오 짝을 지어 떠나는 친구들은 그나마 나름 가정이 부유하거나 웬만큼 여유를 가지고 사는 집 자식들이었다. 건전한 여행을 즐기는 아이들이 있지만, 복에 겨워서 불만을 가지고 무작정 가출해 부모 속을 썩이다 못해 애간장을 다 녹이는 아이들도 더러 있었습니다.

그 반면에 배움에 열정이 많아서 뭐든지 해보고 싶은데 금수저도 은수저도 아닌 흙수저인 경우 하루하루 끼니를 때우기 위해 갖은 일거리를 찾아다니는 부모 밑에서 가출이라는 건 아주 큰 사치였다. 배부르게 먹여 놓으니, 헛짓거리들에 먼저 눈뜬 아이들을 보면 화가 나도 그때는 아무런 내색조차 할 수 없는 것이

가난한 집 자식들이었습니다.

학교에서 돌아오면 책보자기 툇마루에 집어던지고 사내아이들은 꼴지게 짊어지고 들로 산으로 나가는 일이 일상이고 계집아이들은 채소밭에 나가 저녁거리를 준비하기도 하고 다음 날 새벽 장에 내다 팔 야채 다듬는 일을 했다. 친구들과 여행하고 가출한다는 것은 감히 생각조차 못 하고 살아왔던 어린 시절이 파노라마 되어 스쳐 갑니다.

지금까지 살아오면서 혼자 여행은 늘 계획만 있었지 실천에 옮겨 본 적이 없었습니다.

반평생을 조금 더 살아오면서 필자에게 여행은 아주 꿈같은 이야기였고 우선 경비가 먼저 떠올라 실천에 옮기는 일이 쉽지 않았습니다. 이 돈이면 며칠간을 생활할 수 있을 텐데, 그 돈이면 또 아이들 필요한 것 하나 더 사 줄 수 있는데 하면서 지금까지 제대로 된 여행 한번 해보지 못하고 몸은 늙어가고 후회하는 일만 늘어났습니다.

이제 더 이상 앞으로는 후회하는 일 없이 살아보리라 용기를 냈습니다. 이만큼 열심히 살았으면 나를 위해 투자하는 것은 당연한 일이란 생각을 하게 되었고 지금은 그 정도 여유는 생겼습니다. 누구나 죽으면 한 줌조차 안 되는 가루로 되어 땅으로 돌아가는 생인 것을, 생각을 바꾸면 삶도 바꿀 수 있는 세상인데 즐기며 살기로 했습니다. 어느 가수가 부른 노랫말과 같이 인생의

일탈의 묘미

후반전에 우리가 할 수 있는 것은 인생을 잡을 수가 없으니 아름답게 바꾸는 수밖에 없다고 생각합니다. 허리도 아프고, 다리도 아프지만, 노래 부르며 춤도 추고 여행을 즐기면서 살기로 했습니다. "자식들 다 여위었는데 무슨 걱정이 있으랴." 앞으로는 자신을 많이 사랑하고 아끼면서 살기로 했습니다.

 무작정 떠나는 것이 두렵고 걱정이 되었던 것은 우선 잠자리가 걸림돌이 되었습니다. 숙박시설 잘되어 있는데 무슨 걱정이냐, 하겠지만 혼자서 들어가 잔다는 것에 약간 거리낌이 들었습니다. 운전은 지금까지 장거리는 할 수 있는데 용기 내기가 힘들어 망설이던 차에 갈 곳이 정해져 한 달 전부터 계획을 세워 실천에 옮겼습니다.

 마침 밀양에 사는 친구 집이 비어 있으니 와서 쉬다 가라고 해서 두말하지 않고 3박 4일 여행길에 올랐습니다. 반평생을 넘어 처음 도전해 보는 일탈의 기대감은 초등학교 때 소풍 가는 날처럼 설레고 가슴이 부풀었습니다.

 오전 업무를 마무리 지어 놓고 집에 가서 요것 저것 챙겨 차에 싣고 나섰습니다. 달리는 고속도로 가로수들이 손뼉을 치는 듯 바람에 흔들렸고, 창문 틈새로 들어오는 이팝나무꽃향기에 콧노래 절로 나오는 여행길이었습니다. 남쪽으로 내려갈수록 초록은 더 짙고 연둣빛은 더 고와 눈을 어디에 두어야 할지 몰랐지만 우선 안전운전 해서 가야 하니까 기분을 조금씩 가라앉히고 차분하게 4시간을 달려 도착한 곳이 밀양아리랑 대공원, 미리 나와 기다려 준 친구를 만나 청도에 있는 시골집으로 가는 길에는 일기예보대로 비가 내리기 시작했다. 내가 비를 좋아하는 줄 알고 오는 건지 비마저 반기는 곳 같아 기분이 좋았고 시골집에 도착할 때는 제법 많은 비가 내려 시골풍경을 더 실감 나게 해 주었습니다.

글 꽃 동행들이 한자리에 모였습니다. 친구들 온다고 산에서 쑥을 뜯어 쑥인절미에 밀양 추어탕을 준비하고, 투병에서 벗어난 축하 파티와 스무 살을 세 번 보내고 한 살 맞는 생일잔치를 축하한다며 케이크와 장미꽃을 준비해 준 민*규 시인님께 진심으로 감사하다는 말씀을 이 글 통해 드립니다.

글 꽃 문학 공부는 부산 광안리 앞바다를 시작으로 밀양시 청도에서 두 번째 공부를 열었습니다. 부산 광안리 앞바다가 훤히 보이는 회 타운에서 광란의 밤을 보내며 쌓은 추억을 잊을 수 없어서 봄, 가을 시간을 만들어 공부하기로 했고, 다음에는 대구나 이천에서 열 계획을 세웠습니다.

음악이 울려 퍼지는 화려하고 거창한 축하 파티는 아니었지만 마음만은 아주 흐뭇하고 행복한 평생 잊을 수 없는 글쟁이 인향과 그림쟁이 지향, 두 소녀의 멋진 날로 추억의 페이지를 만들었습니다. 잔치를 벌여 주신 풍류 시인님께 진심으로 감사드리며 가족 모임으로 부득이 참석 못 하신 금헌 시인님이 아쉬운 날이

일탈의 묘미

었지만 다음 기회가 또 있으니 그때, 같이 하면 됩니다.

비가 내려주고 시골 냄새가 온 집안을 채워주는 아름다운 밤, 탱글탱글한 회 한 접시에 이슬양 모셔 놓고 빗소리에 장단 맞추며 추억을 쌓는 시간이 어릴 적 친구들과 집을 떠나 밤새도록 노는 모습과 흡사했습니다. 이렇게 일탈의 첫날밤은 회포로 풀어내는 시간이었고, 둘째 날에는 쏟아지는 비를 맞으며 밀양의 명소 위양저수지와 퇴로 저수지를 돌며 지난해 글 꽃 문학 공부 첫 모임이 떠올라 지향과 이런저런 이야기를 나누며 보냈고, 사우나로 피로를 풀어내는 아주 즐겁고 유익한 시간을 보냈습니다.

다음 날 출근길이 버겁기에 지향은 본가에 가서 잤고, 혼자 남아 별장에서 지내기로 했습니다. 낯설었다기보다는 고향 집 같은 느낌이 들었고, 빗소리에 지난날의 삶과 애환을 돌아보며 빙긋이 쓴웃음 반, 눈물 반으로 풀어내고 나니 앞으로의 삶을 어떻게 살아야 하는가에 초점이 맞추어졌습니다.

밤새 내리는 빗소리는 얼마 만에 들어 보는 소리였던가? 어릴 적 선풍기도 없던 시절에 여름이면 마루에 모기장 치고 한 식구가 다 모여 잘 때 장맛비라도 내릴 때면 잠 못 들어 짜증이 나곤 했는데 일탈의 여행지에서 듣는 빗소리는 왜 그렇게 아름답고 정 깊게 들려오던지 고맙기만 했습니다.

그렇게 일탈 이틀째 밤을 보내고 퇴근한 지향과 삼인방이 밀양아리랑 대공원에서 만나 표충사 가는 길에 풍류 시인님께서 따끈한 칼국수를 사 주셔서 먹고 밀양 다목적댐 가는 길에는 얼음골 사과를 사 주셔서 집에 가지고 와 늦도록 맛있게 먹으며 잊지 못할 여행을 떠 올리곤 했습니다.

위양저수지에 있는 카페에서 아보카도와 따뜻한 향기를 풍기는 자몽 차 향기에 호호거리며 추억을 남겼고, 일탈 삼 일 차 저녁에는 앞뜰에서 자란 부추를 잘라 부추 전에 이슬(소주)양 모셔 놓고 두런두런 둘만의 오붓한 시간을 보내다가 스르르 잠이 들었습니다. 아침 일찍 일어나 짬짬이 만들어 가지고 간 누룽지 구수하게 끓여 먹고 대한창작문예대학교 입학과 오리엔테이션 시간에 맞추어 아쉬움을 뒤로한 채 나섰습니다. 처음 도전해 본 3박 4일의 일탈을 가슴에 고이 간직하고 굽이굽이 산길을 따라 창녕IC를 지나 대전으로 향하는 마음은 또 다른 시작과 도전에 설렘이 가득한 시간이었고, 새로운 배움터로 가는 길은 행복하기만 했습니다.

인생사는 마음먹기에 달렸다고 합니다. 용기 내 장거리 운전에 도전해서 처음 해보는 일탈의 묘미가 이렇게 행복한 시간을 즐길 수 있다는 걸 몸소 느꼈으니 자주 일탈을 해야겠습니다. 망설이다가 좋은 시절 다 보내고 늦은 후회하는 일 없도록 할 것이며, 남은 삶은 온전히 나를 위한 삶을 살 것입니다. 행복은 만드는 것도 나의 몫이고 즐기는 것 또한 나의 권리라고 독자 여러분께 감히 말씀드리며 아주 행복하시길 바랍니다.

일탈의 묘미

소풍 같은 인생

한해의 끝자락! 그동안의 삶을 돌아보며 기억 저편에 머물지 말고, 허물과 상처를 덮고 새로운 그림을 그리라는 계시일까?

모두가 잠든 틈을 타 하얀 꽃가루가 소복이 쌓인 아침이다. 바람의 그림자도 찍히지 않은 하얀 꽃길에 시선을 놓고 모닝커피의 향기를 음미하는 시간이 행복하기만 하다.

엊그제 친정엄마께서 다녀가셨다. 며칠 모시고 있다가 출근해야 되어서 모셔다드리고 내려오려고 주섬주섬 가방을 챙겨 나오려니까 엄마는 돈을 꺼내 주면서 내려가다가 차에 기름 넣고 데려다주느라고 피곤하니까 뜨끈한 국물 사 먹고 들어가 일찍 쉬라고 하셨다. 아니라고 뿌리쳐도 막무가내로 차에 던져 넣으셔서 받아 들고 내려오며 많은 생각했다.

이런 것이 부모 마음인데, 부모는 자식에게 하나라도 더 주려고 애쓰며 가슴 아파하는데 과연 자식은 부모가 가지고 있는 것 더 못 받을까 봐 안달하는 세상이다. 점점 각박해진 세상살이가 무섭게 생각되지만 어쩌면 순리라는 생각에 씁쓸한 마음 가다듬으며 인생사를 더듬어 본다.

해는 달을 비추지만 달은 해를 가리기에 밤과 낮이 존재한다.

한세상 살아가면서 지혜와 어리석음도 마찬가지, 나의 마음을 상대방에게 전하지 못하고 상대의 마음을 헤아리지 못하면 서로의 관계는 언제나 물에 물 탄 듯 술에 술 탄 듯이 의미가 없을 것이다.

태양이 뜨면 아침이고 지면 저녁이다. 밤과 낮은 태양의 움직임에 의해 결정되는 것처럼 인생사도 마찬가지다. 울고 웃는 것이 자신의 몫이라면 즐기면서 행복을 내 것으로 만들어야 한다.

돈 역시 가치를 묻지 않고 주인의 뜻에 따를 뿐이다.

돈이란 놈도 억만장자가 주인이면 그 사람 것이고, 길거리 노숙자 손아귀에 들어 있으면 하찮은 땡 닢은 노숙자가 주인이다.

몸이 지치면 짐이 무겁고, 마음이 지치면 삶이 버겁다.

각질은 벗길수록 생기고 욕심은 채울수록 커진다는 말이 있다. 탐욕에 젖은 인간들의 마음은 늘 빈 항아리처럼 텅텅거리는 소리가 난다. 채우고 채워도 항상 몸과 마음이 허한 상태니까 욕심이 커지고 남의 것을 탐하게 되는 것이다.

소풍 같은 인생

댐은 수문을 열어야 물이 흐르고 사람은 마음을 열어야 정이 흐르는 것처럼 행복은 내가 만들고 행운은 신이 내린다는 생각을 해본다.

살면서 주위의 모든 사람과 마음을 열고 소통하면서 웃을 수 있다는 것은 최고의 삶을 누리고 있음이 분명하다. 몸은 하나의 심장으로 살지만, 삶은 두 심장인 양심으로 살아야 되기에 몸과 마음은 동일하게 뛰어야 한다.

나이가 들수록 친구가 소중하다.
친구라서 이래도 되고 친구라서 저래도 되는 것이 아니라, 친구이기에 이래서는 안 되고 친구니까 더더욱 막 대해서는 안 되는 것이다. 늘 소중한 보물로 여기며 귀하게 대하면서 소풍 같은 인생길을 가슴으로 즐기면서 살아야겠다.

가다 보면 삐걱삐걱 소리가 나고 돌부리에 가끔 걸려 넘어질 때도 있겠지만, 어차피 한번 왔다가 돌아가는 길을 즐기다가 후회도 미련도 버리고 가면 된다. 한 번뿐인 인생 오늘이 최고라는 생각과 오늘이 가장 젊은 날이라고 믿고 살자.

행복은 누리고 불행은 버리면서 건강은 지키고 병마는 벗하며 살자. 사랑은 오면 잡고 미움은 삭이는 지혜로 가족은 살피고 이웃과 어울리며 살자.
자유는 즐기고 속박은 날려 버리며 나를 위한 웃음을 웃고 남의 아픔을 나누며 살자.

불행한 주위를 둘러보고 보살핌을 하면 나에게는 웃음이 온다는 믿음으로 기쁨을 주는 삶을 살려고 한다. 주는 기쁨이 진정 행복이란 생각 하면서 한번 왔다가는 인생을 소풍 가듯 즐기면서 살다가 어느 날 먼 곳에서 부르면 미련 없이 가면 된다.
"우리의 인생은 소풍 같은 인생이니까~"

소풍 같은 인생

별이 된 소녀

산골에서 태어났지만, 소녀는 꿈이 많았습니다. 3남 2녀 중 막내딸로 아버지의 사랑을 듬뿍 받으며 자라다가 아버지의 병환이 깊어지면서 꿈을 접어야 했습니다. 기억으로 보면 초등학교 때부터 글짓기, 그림 그리기, 만들기 등 경연대회에는 빠지지 않고 참여했습니다. 지금은 두 딸 모두 출가해 잘살고 있어서 큰 걱정 없이 삽니다. 굳이 있다면, 제 건강에 문제가 생길까 걱정입니다. 경기도교육청 직속 기관에서 30여 년간 급식을 담당하고 있으면서 많은 어려움이 있어서 좌절할 때가 많았지만, 포기할 수 없었던 것은 "엄마"란 이유가 컸습니다.

제가 하고 있는 일은 흔히들 말하는 밥 엄마 또는 밥 순이라고 합니다. 30 초반부터 경기도교육청 소속 직영급식소에서 일일 근무로 시작했습니다. 그때만 해도 단체급식소에서는 의무적으로 조리사 자격증 소지자를 채용해야 운영을 할 수 있었습니다.

마침 무자격자들만 있었는데 기관장님께서 아직 젊으니 틈내서 자격증 준비해 보라고 하셔서서 낮에는 일하고 퇴근해서 식구들 저녁 챙겨주고 자정까지 한식 조리 비디오테이프 보면서 실습한 요리는 아이들에게 평가받으며 요리학원 한 번 안 다니고 자격증 받아 특채로 채용되어 지금까지 한 우물을 파고 있습니다. 지금 생각하면 원장님과 총무부장님을 친정아버지 같은 정 깊은 분을 만나 제가 공직 생활을 하고 있는 것입니다. 제겐 너무 소중한 은인이십니다. 밥하는 일로 5급 사무관 대우라는 직급까지 올라와 더 이상 승진은 없는 조리장으로 현재 많은 사랑을 받고 있습니다.

지난 세월 돌아보며 묵묵히 걸어 온 길이 헛되지 않음에 감사하며 하나하나 떠올려 봅니다.

올여름은 정말 뜨겁고 비도 많이 내렸고, 해가 갈수록 점점 더 더위가 심해지는 것 같습니다. 늘 방학 기간이면 제 일은 더 바빠집니다. 일 년에 두 번(여름 방학, 겨울 방학)은 선생님들의 자격시험과 승진시험이 있어서 교육이 많습니다. 그 때문에 저의 업무도 많아집니다. 올여름엔 특히 더 바빴는데, 이사장님께서 배움의 문을 열어 주셔서 대한 창작 문예 대학에 입학하여 시 창작 수업을 하면서 자격증에도 욕심이 생겨 도전했습니다. 합격 통보서를 받아 들고 보니 힘들었던 일은 모두 잊히고 보람된 시간을 보낸 것 같아 뿌듯합니다.

소녀에게는 늘 배움에 대한 끈을 놓지 않겠다는 집념이 자리

별이 된 소녀

잡고 있었습니다. 배움이란 실망을 희망으로 바꿔주는 원동력이란 생각을 하면서 도전장을 내밀었습니다. 어려서부터 원하던 만큼 학업을 할 수 없는 처지를 겪어 오다 보니까 기회만 있으면 도전했습니다. 시를 써 보겠다고 등단하고 나니 너무 어려웠습니다. 아무런 준비가 안 된 상태에서 문학소녀의 꿈을 실현해 보겠다고 덤벼든 것이 창피하고 부끄럽기도 했습니다.

　2019년 말경 코로나로 아무 일도 하지 못하게 되고 모든 것이 단절되어 창살 없는 감옥살이가 시작되었을 때입니다. 지인에게서 처음 시를 써보라는 제안을 받았을 때 "제가 무슨 시를 써요, 어떻게 써요?" 했지만, 머리 한쪽에서는 도전의 씨앗이 꿈틀거렸습니다. "그럼, 수필을 써 볼까요?" 했더니 수필은 많이 읽어주는 사람이 없어 외롭다며 시 쓰기를 권유하기에 낙서 삼아 써 놓았던 수필을 함축해서 시를 쓴 것이 등단작이 되었습니다. "아직도 마음만은 소녀"가 저의 첫 작품이며 등단작입니다. 좋은 인연으로 문인의 길에 들어와 시를 짓다 보니까 어느 하나 소중하지 않은 것이 없었습니다. 바람부는 소리가 노래로 들리고, 말없이 떠도는 구름이 솜사탕으로 보였습니다. 낙엽이 우수수 떨어지면 우리네 삶과 같다고 느껴질때도 있었고, 어떤 때는 소녀 감성으로 오색비가 내리는 것처럼 아름다웠습니다.
　시를 짓기 위해 일찍 자고 일찍 일어나는 습관도 생기고 산책도 자주 다닙니다. 보이지 않던 작은 꽃들도 보이고 바람에도 형형색색 변화가 있고 향기가 있다는 걸 알았습니다. 시는 제게 황혼에 없어서는 안 될 친구가 되었습니다.

지금까지 시집 몇 권 읽어보지도 않고 무작정 덤벼든 것에 후회도 많았지만, 기회가 왔을 때 잡는 것도 용기라 생각하고 여러 선배 시인님 서재를 돌아보며 많이 배웠습니다. 또 교수님들의 꼼꼼한 가르침을 받으며 많이 성장했습니다. 후배 양성을 위해 휴일도 반납하시고 강의와 피드백을 해 주신 교수님들께 감사한 마음이 크기만 해서 더 열심히 듣고 배우고 싶었습니다, 짧은 과정이었지만 너무 유익한 재산을 모아 놓은 느낌입니다. 앞으로 큰 힘이 될 거라 믿습니다. 주제를 받고 나면 먹먹했지만, 고민하고 반복적인 퇴고를 하면서 교수님들의 자상한 피드백에 완성작이 되었을 때 "수고하셨습니다, 완성작에 올리세요." 하시면 그때 그 기분은 이루 말할 수 없이 기뻤습니다. 또 하나의 작품을 탄생시킨 성취감에 가슴이 후련했습니다.

　앞으로 글쓰기 지도자로서 길을 간다면 교수님께서 해 주신 피드백을 거울삼아 골고루 활용하여 가르치고 싶습니다. 아직 턱없이 부족하지만, 더 배우고 익혀서 퇴직 후에는 모든 면에서 여유가 생길 테니까 주변에 있는 방과 후 돌봄 교실, 어르신 돌봄 센터 등을 찾아 시 짓기 기초부터 수업하고, 대학 때 배워 둔 실버 레크리에이션 지도자로 남녀노소 구분 없이 재능기부 하면서 황혼을 즐기며 익어가고 싶습니다.

　태어나긴 막내로 태어났지만, 종갓집 종손 며느리로 큰살림 꾸리면서 늘 많은 음식을 만들어 나누면서 살았습니다. 게다가 직장까지 수백 명 식사를 담당하다 보니까 손은 점점 커져서 식

별이 된 소녀

구들에게 꾸지람과 면박도 많이 당했습니다만, 내가 만든 음식을 누군가가 맛있게 먹고 엄지척을 해 주면 보람 있고 행복했습니다. 이제는 눈빛만 봐도 상대의 마음을 읽어 낼 정도로 달인이 되었답니다. 누군가를 위해 따뜻한 밥을 지어 베푸는 것처럼 넉넉한 마음을 접지 않고 소외되고 그늘진 곳에 필요한 손이 되어 잡아주며 살고 싶습니다.

　새내기 시인인 소녀의 수상 경력을 보면 경력에 맞지 않게 화려합니다. 상복이 많은 건지 모를 일이지만, 공모전이 있을 때마다 단상에 올라가는 행운이 있어 행복했습니다. 그럴 때마다 꿈은 더 커지고 욕심이 늘어갔습니다.

　도전은 언제나 아름답고, 그 순간만큼은 자신이 스스로 대상이란 걸 주면서 잠시나마 흐뭇함에 행복을 맛보는 시간이 되었습니다. 주제를 받고 나면 우선 계획을 세우고 어떤 내용을 쓸 것인가? 뿌리에 뼈대까지 그려내고 퇴고를 반복하면서 내 글이 최고란 착각에 빠져보지 않았다면 거짓말입니다. 누구든지 막연하게 응모하는 데 의미를 두지는 않을 겁니다. 수상을 목표로 삼습니다. 저 역시 1차 통과만 하자고 했지만, 솔직히 한 단계 높은 수상과 더 높이 대상을 바라보며 준비했습니다. 시상식이 끝날 때까지 행복한 꿈을 꿀 수 있어 좋습니다.

　어려서도 꿈은 많았습니다. 누구나 다 그랬겠지만, 지금 와서 생각해 보니 '재능이 있긴 있었구나!' 하는 생각을 하게 됩니다. 그렇다고 잘한다는 건 아닙니다. 가정형편이 녹록치 않아 꿈을 접었을 때 책가방을 스스로 불 아궁이에 넣으면서도 다 버리지는 않았던 것 같습니다. 수북이 모아두었던 상장들까지 태워 버리며 울었던 때가 생생하게 생각나 지금도 눈시울이 붉어집니다. 아마 그때 못한 일들을 지금 이루고 싶은 욕망이 아닐지 생각합니다.

제게 시는 힘들 때나 슬플 때, 기쁘고 행복할 때 친구가 되고 스승이 되기에 마음의 치유사와 같습니다. 시를 쓰는 시간만큼은 행복 그 자체입니다. 열정을 가지고 글을 쓰다 보니 시집도 출간하게 되었습니다. 첫 시집인 "별을 따다" 출간하기까지 많은 시간 동안 망설이고 고민했습니다. 오래된 시인들이 시집출간을 안 하는 데는 이유가 있을 거라는 의구심도 있었고, '내가 벌써 무슨 시집' 이런 생각을 하면서 미뤄왔습니다.

2022년 1월4일 새해를 맞아 인사이동과 승진 소식이 마지막 승진이 되었습니다. 그날 지은 시가 "별을 따다"인데 표제로 사용해 시집을 내고 싶다는 생각이 들어 그때부터 1년 넘게 준비해 출간했습니다. 우선은 누구의 칭찬보다 자신이 대견해서 기쁘기도 하고 그간의 일들이 떠올라 눈물도 많이 흘렸지만, 지금은 너무 행복합니다. 망설였으면 2집, 3집은 꿈도 못 꿀 일이었습니다. 내년에는 새로운 출간 계획으로 도전을 실현에 옮겨야 하는 것이 또 하나의 목표로 세워져 제 가슴을 설레게 합니다.

"별을 따다" 시집 출간 후 제일 먼저 떠오른 것은 삶이 버거워 참고 참다가 아이들 제 자리 찾아 보내고 책임을 다했다는 생각에 세상을 등지려 했던 때가 제일 먼저 떠올랐습니다. 한순간 잘못된 선택을 했더라면 지금의 이 기쁨은 없었을 겁니다. 지난날은 지금 생각해 보면 강하게 살게 하는 밑거름이고, 시를 짓는데 큰 소재로 내게 돌아와 말 못 할 일들은 글로 풀어 세상 밖으로 내보내니 거짓말같이 몸에 있던 석회질도 다 없어져 주치의 선생님께 큰 박수를 받았습니다. 건강해졌다는 소식에 희망의 불꽃이 피어났고, 황혼에 행복 등이 켜졌습니다.

배 아파 낳은 자식만큼 소중한 첫 시집 "별을 따다"가 부족하다고 외면하면 안 된다고 생각합니다. 첫아이니만큼 더 많이 사랑하면서 가꾸고 다듬어 예쁜 둘째 아이를 탄생 시킬 겁니다.

시 낭송을 통해 많은 홍보도 되고 있으니 정말 감사한 일입니다. 처음에는 시가 시답잖아 낭송해달라고 부탁 못했습니다. 공연히 시 낭송하는 분께 누가 될까 봐 망설였는데 박영애 부이사장님께서 먼저 낭송해 주신다고 하실 때는 정말 감사했습니다. 덕분에 많은 홍보가 되어 주변에서 듣고 전화를 걸어 올 때는 두 어깨가 으쓱해지며 친구가 "너 시인이더라!" 하면 덧붙여 자랑하게 됩니다.

꾸준하게 시 낭송 작품을 만들어 가는 데는 이유가 있습니다. 시간에 많이 쫓기며 사는 삶이다 보니 책을 가지고 다니면서 읽는 사람들은 별로 못 보았습니다만 핸드폰 없이는 못 사는 세상이다 보니 어디서든 낭송은 접하기 쉬워 홍보에는 효과가 클 거라는 생각했습니다. 저 역시 나이가 들어 눈이 침침해지면 낭송으로 들으면 좋겠다 싶어 모두 저장해 두고 있습니다. 살아가다 보면 가시덤불도 수없이 만나고 크고 작은 돌부리에 넘어질 때도 많지만, 그 또한 한 평생 살아가는 동안 겪어야 할 과정이라고 생각하면 그다지 힘든 일이 아닐 것으로 생각합니다. 이런저런 과정을 잘 넘기면 훗날 황혼에 들어 돌아보면 빙그레 웃음 지으며 옛이야기 하는 날 있는 법, 그래서 지금 저도 편한 맘으로 글을 씁니다. 첫 시집에 그동안의 삶을 풀어 놓고 보니 내가 써 놓고도 가끔 목이 메어 눈물이 흐를 때가 있습니다.

굳이 첫 시집 "별을 따다"를 소개한다면 앞서 드린 말씀처럼 직장생활에서의 승진을 별로 표현했고, 또 별은 힘들고 지칠 때마다 별한테 넋두리하면 늘, 별은 반짝반짝 희망을 주었습니다. 별은 언제나 저의 친구입니다.

별을 따다 / 염경희

한길 외길 인생
돌고 돌아 강산을 세 바퀴 돌았다
밤하늘 별들 바라보며
쓸어내린 가슴은 얼마던가

우물을 파도 한 우물을 파라는 말
그래야 샘이 솟는다는 속담처럼
천직이라 여기고 솥뚜껑에
정성으로 기름칠을 했더니 별이 쏟아진다

별이 된 소녀

인내하며 지낸 날들이 별이 되었다
외길인생 종착역에서 울리는 기적소리는
묵은 체증을 뚫어주는 팡파르

묵묵히 타고 온 열차에서 내릴 즈음엔
늘 그 자리에서 빛나는 북두칠성처럼
작은 별들을 지켜주는 큰 별이 되고 싶다
이제 황혼 역 환승 시간이 가까워진다.

제목 : 별을 따다
시낭송 : 박영애
스마트폰으로 QR 코드를 스캔하면
시낭송을 감상할 수 있습니다

　앞으로 문학 활동을 하면서 바람이 있다면 우선은 손길이 필요할 때가 생기면 서슴지 않고 봉사하면서 지역 문학 활동도 열심히 해 볼 생각입니다. 시간적 여유가 주어진다면 낭송법도 배워서 제 시는 물론, 저를 필요로 하는 시인들의 시를 낭송해 보고 싶습니다. 제 시가 누군가의 목소리를 빌려 세상 곳곳에 향기를 뿌렸듯이 저도 누군가에게 도움을 주는 시인이 되고 싶습니다.

　시인으로는 자연과 더불어 소재를 얻어 독자들의 마음에 자리할 것이며, 수필작가로서는 삶을 진솔하게 풀어내어 공감할 수 있는 글로 다가설 겁니다. 수필과 시를 같이 쓰면 좋은 점이 많습니다. 시는 읽기 쉬워야 이해가 빠르고 공감을 얻을 수 있다고 생각합니다. 한자는 제한하고 생활에서 얻어지는 이야기를 풀어내야만 남녀노소 편하게 읽을 수 있어서라고 생각합니다. 시는 내용을 늘어놓지 않으면서 주제에 맞게 핵심을 전달하는 매력이 있지만, 수필은 같은 주제라도 감응을 주면서 필자와 독자

간의 공감대가 형성되어 전달하고자 하는 메시지를 자연스럽게 풀어내는 매력이 있습니다. 시와 수필을 함께 쓰다 보니까 도중에 새로운 주제를 잡을 수 있어 참 좋습니다.

저는 앞으로도 계속 소녀 시인으로 살고 싶습니다.

제 마음은 언제나 소녀입니다. 단아한 느낌을 주면서 삶을 그대로 풀어내는 시인이길 간절하게 바람해 봅니다. 앞서 말씀드렸듯이 저에게 시란 희망이고, 친구이고, 스승입니다.

꿈을 꾸게 하고, 외로움을 달래주고, 황혼을 어떻게 물들일 것인가를 가르쳐주는 선생님입니다.

세상살이에 지쳐 버거운 날들에 낙심을 반복하는 이들에게 묵묵히 걸어 와 스스로 별이 되었다고 자부하는 것처럼 아주 작은 별이라도 되어 반짝반짝 희망으로 피어났으면 좋겠습니다.

"별을 따다" 출간하면서 마지막 페이지를 어떤 시로 넣을까? 하는 고민 끝에 퇴고 중에 지은 시 한 편 소개합니다. 자식을 낳고 부모가 되기까지의 과정이 시를 지어 출간하는 과정과 같다고 생각합니다. 하늘이 노랗게 보이고 육신이 찢기는 고통을 맛보고서야 기쁨을 얻는 것처럼 시집 출간 역시 퇴고하는 과정이 고통과 기쁨이 함께해야 비로소 시집 한 권을 독자들에게 선보일 수 있다고 생각했기에 "출산의 고통"이란 시 한 편 올립니다.

별이 된 소녀

출산의 고통 / 염경희

댕기 머리 풀고 사랑으로 피워낸 꽃
열 달 동안 뱃속에 품었다가
세상에 내놓을 때
탯줄 끊어내는 고통은
별을 보고 나서야 기쁨이 되었습니다

그때 벅찼던 황홀함과 환희를 잊지 못해
가슴 속에서 키워 낸 나의 사랑하는 꽃마디를
천 일 동안 고이 품고 있다가
허허벌판 세상 밖에 내놓으려니
기쁨보다 두려움이 더 큽니다

이름도 지어야 하고
고운 옷에 향기 품어 날개까지 달아주려니
배가 뒤틀려 뒹굴던 아픔보다
허리가 끊길 것 같은 고통보다
머릿속엔 온통 걱정거리로 채워져 있습니다

그렇다고 마냥 가슴속에 품고 살 수는 없는 일
꽃 피는 봄날 꽃바람 불어올 적에
단단히 채비하여 내보내면
열 달 품었다가 낳은 아이가 준 행복처럼
천 일 동안 가슴으로 키워 낸 분신도
고운 향기로 훨훨 날아 별을 따다 줄 거라 믿습니다

제목 : 출산의 고통
시낭송 : 박영애
스마트폰으로 QR 코드를 스캔하면
시낭송을 감상할 수 있습니다

삶은 나의 몫

앞만 보고 달려와 서성이는 길목이 낯설기만 합니다.

언제나 쉬어갈 수 있는 때가 오려는가? 학수고대했는데 막상 다가오니 어떻게 맞아야 할지 가늠할 수 없어 걱정 반 근심 반인 처지입니다.

한길 외길 인생을 마다하지 않고 그저 이 길이 내 길이려니 묵묵히 걸어왔는데 걸어오다 보니 어느새 인생 열차를 갈아타야 하는 시점입니다.

맡은 일에 소홀하지 않으려고 겨우 양치질하고 얼굴에는 분칠 하나 못하며 끼니를 책임져야 했던 날들이 어느덧 강산 세 바퀴를 훌쩍 돌아 서산 중턱에 누워있는 석양 바라보며 괜스레 심술이 났다가 풀어졌다가 종잡을 수 없는 시간이 찾아집니다.

그동안 일에 쫓겨서 하고 싶었던 일들을 뒷전에 미루고 있다가 막상 기다리던 시간이 왔다 한들 뾰족한 대책이 없어 심술이 날 때가 많습니다.

　마음은 한결같은데 몸은 망가졌고, 의욕이 앞서도 선뜻 용기만 앞세워 추진하기엔 이미 너무 멀리 왔습니다. 남들보다 건강이 망가지지는 않아서 앞으로 몇 년은 충분히 일할 수 있는데 정부 정책이 물러나라고 하니까 정해진 나이에 일선에서 손을 떼어야 합니다.

　힘겹고 고달플 때는 얼른 정년이 왔으면 좋겠다는 생각도 많이 했는데 막상 코앞에 닥치니까 마음이 허전하고 싱숭생숭합니다. 오랜 시간 동안 한 우물에서 같은 물을 먹으며 지내면서 우여곡절이 많았지만 나름 뿌듯한 일이 더 많았던 것 같습니다. 별 보고 나가 별 보고 귀가하는 시간이 일상이어서 주말이면 몸은 천근만근 피로가 쌓여 그 주에 피로를 풀지 못하면 누적이 된 몸으로 또 일주일을 견디면 입맛까지 잃어 에너지는 모두 소진되었습니다.

　지금 돌아보면 순간순간을 잘 견뎌와 준 자신을 토닥이게 됩니다. 일도 일이지만 쉬는 날에도 쉴 곳에서 쉬지 못하며 지인 쫓아서 인근 식당에 아르바이트 다니며 월급 외에 별도 수입에 치중했던 때에는 무슨 체력으로 버텼는지 생각하면 가슴이 먹먹해집니다. 본업에서 월요일부터 금요일까지 새벽 근무하면서 몇백 명 세끼 식사해 주고 주말이나 공휴일이면 아르바이트하면서 6개월 동안 하루도 쉬지 않고 일을 한 적이 있는데 벌어들인 돈은 엉뚱한 곳으로 들어가고 몸만 축내는 바보 같은 삶을 후회하며 부질없는 짓 하지 말자고 수없이 다짐했습니다. 이제 일선에서 물러나야 할 시간이 되지만 그런 힘든 고비를 잘 넘겨 왔기에 인생 열차를 갈아타는 시점에서 떳떳하게 황혼 역 차표 한 장 거머쥡니다.

　기회가 좋아서, 아니면 운이 있어서 남들이 부러워하는 직장을 얻게 되었는지는 모르겠습니다. 지인의 추천으로 특채 임용되어 지금까지 나라에서 많은 도움을 받아 살고 있습니다. 다달이 정해진 월급 받아 알뜰하게 살다 보니 노후에 밥 굶을 걱정은 없습니다. 요즘 정부 복지가 좋은데 누가 밥을 굶느냐고 하겠지만 내 수중에 가진 것이 없으면 굶는 것과 매한가지입니다. 그동안 또박또박 불입한 기여금이 황금 밥그릇이 되었습니다. 그마저도 잃어버릴 뻔했는데 잘 챙겨두었으니까 사는 동안 큰 걱정거리는 없을 듯합니다.

　가시밭길 헤치고 걸어 와보니 꽃이 피어 향기까지 납니다.
　하늘에 낀 먹구름처럼 마음에도 늘 그늘이 졌었는데, 가을 하늘처럼 청명합니다. 한바탕 우레와 소나기가 지나가고 잔잔해진 대지에 대롱대롱 매달린 물방울이 햇살에 비추어 무지개 피듯이 희망이 피고 있습니다.

　올해가 지나고 내년 6월 말이면 공로 연수에 들어갑니다.
　6개월 동안 퇴직 후 무엇을 할 것인가 계획을 세우는 기간인데

삶은 나의 몫

지금은 딱히 떠오르는 것이 없지만, 확실한 것은 일은 다시 시작한다는 확신입니다. 요즘 70세까지는 충분히 일할 수 있는 나이니까 나의 손맛이 필요하고 내 능력을 인정해 주는 곳이 있다면 서슴없이 함께 할 것입니다.

현재 하는 일과 분야가 달라도 그동안 준비해 둔 사회복지사 요양보호사 건강가정사 실버 레크리에이션 지도자 자격증을 이용하는 길도 찾아 일하며 노후를 보낼 겁니다.

틈틈이 준비해 둔 유일한 재산을 잘 활용하는 방법은 미리미리 숙지하여 삶의 질을 높이는 밑거름으로 쓰면서 새로운 일에 과감하게 도전할 겁니다.

이제 내 삶에 방해 요소는 없습니다.

지금까지 열심히 앞만 보고 달려온 것처럼 무엇을 하든지 간에 중심을 잡고 흔들림 없이 새롭게 주어지는 삶 역시 나의 운명이라면 기꺼이 받아들여 내 것으로 가꾸고 다듬어 걸어가는 길을 아늑하고 낭만적인 꽃길로 만들겠습니다.

오늘 밤이 지나면 고향 찾아 떠나는 발길이 분주하겠지요? 선물 보따리 잔뜩 들고 부모·형제 뵈러 가는 길이 얼마나 설레겠는지요? 참으로 부러운 광경이었는데, 명절이면 그 모습이 아주 부러웠습니다. 부족한 것만 많은 살림살이에 어느 때만 되면 기껏 일하고도 핀잔 듣던 날이 새삼 떠오릅니다.

이제 많은 음식 차릴 일 없고 간단하게 한 끼 먹거리만 준비해서 금쪽같은 내 새끼들과 오붓하게 보내면 됩니다. 전에 같으면 많은 음식 만들 시간인데 자정이 다 되도록 글을 쓰고 있는 이 시간도 내게 주어진 삶의 특혜라면 기꺼이 받아들이고 즐기렵니다.

창밖 넘어 고속도로는 불빛이 점점 늘어납니다. 귀성길에 오르시는 모든 분, 그리고 시댁에 다녀올 우리 아이들 안전하게 잘 다녀오기를 기도합니다.

이런 날이 올 줄은 꿈에도 몰랐습니다. 층층시하에서 좁은 어깨에 짐만 짊어지고 살다가 초라하고 외롭게 생을 마감할 줄 알았는데 살다 보니 이런 날이 왔습니다. 꿈만 꾸던 일이 현실로 다가와 새로운 삶을 살게 합니다. 젊은 날보다 지금의 몸과 마음은 아주 건강해서 활력이 넘치고 행복은 넝쿨째 굴러듭니다. 하루하루가 아깝고 소중해서 시간을 낭비하지 않고 뭐든지 도전합니다.

언제나 마음속으로 바라던 일이 이루어졌습니다. 이 행복 역시 나의 삶에 예시되어 있었다면 수많은 우여곡절에도 포기하지 않고 견뎌 온 지난날들을 감사하게 생각합니다. 얼마 남지 않은 정년퇴임의 시점에서 새롭게 설계해야 할 인생이 조금은 낯설고 어색하지만, 지금까지 잘 헤쳐 나온 것처럼 그동안의 노하우를 스승으로 삼아 코앞에서 기다리는 황혼에도 시들지 않는 인생 꽃을 피울 겁니다.

삶은 나의 몫

이미 흘러간 세월에 미련일랑 두지 않고
늦게 잡은 행복 누리며
가시밭길이 아닌 꽃길만 걸을 수 있기를 희망한다.
어차피 나의 인생에 주인은 나이기에
지금부터는 주인 행세 제대로 하면서
한 번 사는 인생 후회 없이 살아보련다.

청춘아! 쉬어가렴

염경희 수필집

2024년 3월 4일 초판 1쇄
2024년 3월 6일 발행
2024년 8월 7일 2쇄
2024년 8월 9일 2쇄 발행
지 은 이 : 염경희
펴 낸 이 : 김락호
디자인 편집 : 이은희
기 획 : 시사랑음악사랑
연 락 처 : 1899-1341
홈페이지 주소 : www.poemmusic.net
E-Mail : poemarts@hanmail.net

정가 : 15,000원
ISBN : 979-11-6284-514-1